U0451720

初中语文延展阅读丛书

泰戈尔诗选
金色花

[印]泰戈尔/著　郑振铎/译　段玮慧/批注

人民文学出版社　天天出版社

图书在版编目（CIP）数据

泰戈尔诗选：金色花 /(印) 泰戈尔著；郑振铎译；段玮慧批注. -- 北京：天天出版社，2025.2. -- (初中语文延展阅读丛书). -- ISBN 978-7-5016-2417-1

Ⅰ.I351.25

中国国家版本馆CIP数据核字第20241YP891号

| 责任编辑 | 陈　莎 | 美术编辑 | 曲　蒙 |
| 责任印制 | 康远超　张　璞 | | |

出版发行　天天出版社有限责任公司
地　址　北京市东城区东中街 42 号　　邮编：100027
市场部：010-64169002

印刷　河北星强印刷有限公司　　经销　全国新华书店等
开本　650×960　1/16　　印张　13
版次　2025 年 2 月北京第 1 版　　印次　2025 年 2 月第 1 次印刷
字数　170 千字

书号：978-7-5016-2417-1　　定价：28.00 元

版权所有·侵权必究
如有印装质量问题，请与本社市场部联系调换。

目 录

导读

欢迎泰戈尔	1
飞鸟集	7
一九二二年版《飞鸟集》例言	8
一九三三年版本序	11
飞鸟集（1–325）	12

新月集	75
译者自序	76
再版自序	78
家庭	79
海边	79
来源	80
孩童之道	81
不被注意的花饰	82

- 偷睡眠者 ································ 84
- 开始 ···································· 85
- 孩子的世界 ······························ 86
- 时候与原因 ······························ 87
- 责备 ···································· 88
- 审判官 ·································· 89
- 玩具 ···································· 89
- 天文家 ·································· 90
- 云与波 ·································· 90
- 金色花 ·································· 92
- 仙人世界 ································ 93
- 流放的地方 ······························ 94
- 雨天 ···································· 96
- 纸船 ···································· 97
- 水手 ···································· 97
- 对岸 ···································· 98
- 花的学校 ································ 100
- 商人 ···································· 101
- 同情 ···································· 102
- 职业 ···································· 102

长者	103
小大人	104
十二点钟	105
著作家	106
恶邮差	107
英雄	108
告别	111
召唤	112
第一次的茉莉	112
榕树	113
祝福	114
赠品	115
我的歌	115
孩子天使	116
最后的买卖	117

泰戈尔诗拾遗   118

采果集	119
爱者之贻	122
歧路	130

世纪末日	133
爱者之贻	135
无题	137
花环	138

附录 139

泰戈尔传	140
序	140
绪言	141
第一章　家世	142
第二章　童年时代	144
第三章　喜马拉耶山	148
第四章　加尔加答与英国	153
第五章　浪漫的少年时代	156
第六章　变迁时代	161
第七章　旅居西莱达时代	167
第八章　泰戈尔的妇人论	172
第九章　国家主义与世界主义	175
第十章　和平之院	180
第十一章　泰戈尔的哲学使命	184
第十二章　得诺贝尔奖金与其后	187

导 读

如果说诗是文明之光,那么诗人便是文明的光源。在世界所有近现代诗人当中,印度诗人、文学家、哲学家拉宾特拉那斯·泰戈尔(Rabindranath Tagore,1861—1941)便是离我们最近的光源之一。他出身名门,幼时便展露出卓越的文学才华,受过良好家庭教育和西方现代教育,一生留下五十多部诗集、十多部中长篇小说、百余篇短篇小说、数十种剧本与散文著作,以及数千幅美术作品与众多音乐作品。他的作品跨越了哲学、宗教、历史、政治、文学、音乐、美术等众多领域。其中我们熟知的有《飞鸟集》《新月集》《园丁集》等。据说在凡是说孟加拉语的地方,没有人不诵读他的诗歌。泰戈尔凭借诗集《吉檀迦利》成为首位荣获诺贝尔文学奖的东方诗人,他以其对自然、女性、儿童心怀大爱的高尚人格而闪烁着不朽的光辉。

在所有近现代诗歌中,我们不能绕开泰戈尔那些清新隽永、深情博爱的诗行。有评论家赞美他的诗歌有两大光芒,一是"高超的理想主义",一是"文学的庄严与美丽"。本书收录的《飞鸟集》《新月集》《采果集》等就很好地体现了这两点。诗人艾青说:"诗给人类以朝向理想的勇气。"在人们易在信息的海洋中迷失,被利己主义腐蚀的时代,我们最稀缺的品质就是理想主义,就是"朝向理想的勇气"。而《飞鸟集》等诗文中的那些可爱生灵，会带着理想的光芒很好地疗愈我们的灵魂，让我们看到沙漠的追求、大地的微笑、生命的谦卑与伟大……

泰戈尔的诗作从没有泛滥的抒情，也绝不朴实得让人感到单调，而是字里行间充盈着一种类似中国古典诗词的静美与蕴藉。无论是飞鸟秋叶、流云晨星、远山静流，还是麻雀树根、贝壳纸船、死亡黑暗，清丽斑斓的意象仿佛让我们看到了一个无比深情、温柔、烂漫的童话世界，仿佛让我们回到魏晋、盛唐看到了陶潜的田园、王维的山水、李白的明月，不由得感叹"天地有大美而不言"！这些美的意象或意境是通过丰富且神奇的比喻、拟人、通感、象征、对话、对比、描写、抒情等多姿多彩的艺术手法展示出来的。很多时候，诗人在一句诗中，同时兼用比喻、拟人、对比等多种手法而绝不让人厌倦，也丝毫没有卖弄和藻饰的虚无感，让读者感受到了文学的"庄严与美丽"。

其实，无论是思想上的理想主义，还是文学上的"庄严与美丽"，我们感触最多也最深的还是诗文中洋溢着的"爱"。受到印度"梵"文化的影响，诗人深情地爱着自然，自然万物在他的笔下都是富有灵性的，永恒存在的。无论是不起眼的麻雀，还是没有生命的浓雾等，都得到了诗人永恒的咏叹。他深情地爱着女性和孩童，在他的诗行当中，他们是上天派来的，是天使，是神，是梦，是纯真。他不仅深爱着自己的妻子和孩子，他也爱着所有的女性和孩子。他还深情地爱着这个世界所有美好的事物。他诅咒战争和罪恶、自私和嫉妒，讴歌善良和奉献，追求光明和自由，就像他自己说的"我已经爱过了"。

那么，对于这样一本有着浪漫与理想、庄严与美丽，蕴含哲理的诗集，我们应当如何阅读呢？

首先，我们要深刻体会诗歌中的丰富意象。中国古代哲学家王弼曾经讲过一句非常有名的话："夫象者，出意者也。言者，明象者也。尽意莫若象，尽象莫若言。"诗歌在很大程度上来说，就是通过意象来表情达意的文字，泰戈尔的诗歌也不例外。所以，在阅读泰戈尔诗文的时候，要围绕文字所表达的意象，如飞鸟、太阳、晨星、月亮等，这些自然物象几乎都被诗人赋予了一定的情感，它们或象征生命、光明、自由，或意味着悲伤、孤独与爱，或者表达一种宇宙、生命、真理的哲思。

其次，诗歌的语言最大的特点就是"美"。诗人闻一多先生有过"音乐美""绘画美""建筑美"的"三美"理论。其中，"音乐美"是指诗歌的音韵节奏之美，"建筑美"指的是诗歌的语言形式之美。这两种"美"都与诗歌的语言有着直接的关系。无论是《飞鸟集》，还是《新月集》，泰戈尔的诗歌语言都具有一种描写生动细腻，诗风清新明丽的淡雅之美，就像一首舒缓而灵动的自然乐章。这种美是通过丰富自如的修辞手法和细腻生动的描写手法实现的。这些诗句就是在形式上也往往具有对偶、排比的样式，工整而不失灵动，可以说真正做到了形式上的"音乐美"和"建筑美"。所以，在阅读泰戈尔诗文的时候，我们不可忽略其语言所呈现出的"美"感。

再次，诗歌不同于小说和散文，不讲究语言连贯和情节完整，诗歌的理解需要充分发挥想象和联想。诗的语言是有限的，但正所谓"诗无达诂",诗歌的理解是无限的。正是由于诗人在语言艺术上的巧妙"留白",给了我们无比辽阔的想象世界。在这个世界中,我们完全可以代入自己的生活,体验自己的感受。比如,我们在读《第一次的茉莉》时,诗人并未告诉我们童年的甜蜜回忆是什么,但这正是我们可以发挥想象和联想的地方。这或许也正是诗人想要启迪我们的——提醒幸福。倘若诗人将所有想表达的意思都写了出来,恐怕这些诗句也就失去了它的韵味了。所以,唯有想象和联想可以帮助我们抵达诗意栖居的境界。

最后,我国古代学者非常注重"因声求气"的学习方法,清代散文家刘大櫆说过:"烂熟后,我之神气即古人之神气,古人之音节都在我喉吻间。"诗歌作为语言艺术的精华,非常适合通过这种诵读方法来学习和感受。在阅读《泰戈尔诗选》的过程中,读者朋友们不妨用自己喜欢的方式,把诗读出来,让诗中的文气、静气、雅气从自己的喉舌之中流淌而出,岂不美哉!

我们总是说,生活不只是眼前的苟且,还有诗和远方。那么不妨捧起这本诗集,让我们用诗来温暖自己,救赎自己。让泰戈尔诗歌的美好治愈你的精神内耗,让深情明丽的自然走进你的胸膛,让爱和理想成为你的精神食粮,让我们在诗歌的感召下神采飞扬,灵魂安详。

欢迎泰戈尔

我在梦中见到一座城，全地球上的一切其他城市，都不能攻胜它：我梦见这城是一座新的朋友的城。

没有东西比健全的爱更伟大，它导引着一切。

它无时无刻不在这座城的人民的动作上容貌上，及言语上表现出来。

——惠特曼（Whitman）

泰戈尔（Rabindranath Tagore）快要东来了。在这本杂志放在读者手中或书桌上时，他也许已经到了中国。

我可以预想得到，当泰戈尔穿了他的印度的朴质的长袍，由经了远航而疲倦的船上，登到中国的岸上时，我们一定会热烈地崇拜地张开爱恋的两臂，跑去欢迎他；当他由挂满了青翠的松枝的门口，走到铺满了新从枝头上撷下的美丽的花的讲坛上，当他振着他的沉着而美丽的语声，作恳挚的讲演时，我们一定会狂拍着两掌，坐着，立着，甚至于站到窗台上，或立在窗外，带着热忱与敬意，在那里倾听，心里注满了新的愉快与新的激动。

诚然的，我们应该如此地欢迎他；然而我们的这种欢迎，似乎还不能表达我们对于他的崇敬、恋慕与感激之心的百一。

我们不欢迎残民以逞，以红血白骨筑凯旋门的凯萨[1]，这是应该让

---

[1] 凯萨：通译恺撒（前100—前44），罗马共和国军事统帅、政治家、独裁官。

愚妄的人去欢迎的；我们不欢迎终日以计算金钱为游戏的富豪，不欢迎食祖先的余赐的帝王或皇子，这是应该让卑鄙的人去欢迎的；我们不欢迎庸碌的乘机会而获享大名的外交家、政治家及其他的人，这是应该让无知的，或狡猾而有作用的人去欢迎的。

　　我们所欢迎的乃是给爱与光与安慰与幸福于我们的人，乃是我们的亲爱的兄弟，我们的知识上与灵魂上的同路的旅伴。

　　世界上使我们值得去欢迎的恐怕还不到几十个人。泰戈尔便是这值得欢迎的最少数的人中的最应该使我们带着热烈的心情去欢迎的一个人！

　　他是给我们以爱与光与安慰与幸福的，是提了灯指导我们在黑暗的旅路中向前走的，是我们一个最友爱的兄弟，一个灵魂上的最密切的同路的伴侣。

　　他在荆棘丛生的地球上，为我们建筑了一座宏丽而静谧的诗的灵的乐园。这座诗的灵的乐园，是如日光一般，无往而不在的，是容纳一切阶级，一切人类的；只要谁愿意，他便可以自由地受欢迎地进内。在这座灵的乐园里，有许多白衣的诗的天使在住着。我们愉悦时，她们则和着我们歌唱；我们忧郁时，她们则柔和地安慰着我们；爱者被他的情人所弃，悲泣如不欲生，她们则向他唱道："你弃了我，自己走去了。我想我应该因你而悲伤，把你的孤寂的影像放在我的心上，织在一首金的歌里。但是，唉，我真不幸，时间不幸，时间是太短促了。青春一年一年地消磨了；春天是逃走了；脆弱的花是无谓地凋谢了。聪明的人警告我说，人生不过是荷叶上的一滴露水。难道我不管这一切，而只注视那以她的背向我的人么？那是很鲁笨的，因为时间是短促的。"当他听见这个歌声，他的悲思渐渐地如秋云似的融消了，他抹去了他的眼泪，向新的路走去；母亲失了她的孩子，整日地坐在那里下泪，她们则向她唱出这样的一个歌来:"当清寂的黎明,你在暗中,伸出双臂,要抱你睡在床上的孩子时,我要说道,'孩子不在那里呀!'——母亲,我走了。我要变成一股清风,抚摸着你,我要变成水中的小波,当你浴时把你吻了又吻。大风之夜,当雨点在树叶中淅沥时,你在床上,会听见我的微语,当电光从开着的窗口闪进你的屋里时,我的笑声也偕了他一同闪进了。如果你醒着躺在床上,想着你的孩子到了深夜,我便要从星里向你唱道,'睡呀母亲,睡呀。'我要坐在照彻各处的月光上,偷到你的床上,乘你睡着时,躺在你的胸上。我要变成一个梦儿,从你眼皮的小孔中,钻到你睡眼的深处;当你醒起来吃惊四顾时,我便如闪耀的萤火,熠熠[1]地向暗中飞去了。当普耶大祭日,邻家的孩子们来屋里游玩时,我便要融化在笛声里,整日在你心头震荡。亲爱的阿姨带了普耶礼来,问,'我们的孩子在哪里呢,姊姊?'母亲,你要柔声地告诉她道,'他呀,他现在是在我的瞳仁里,他现在是在我的身体里,在我的灵魂里。'"她听了这个歌,她的愁怀便可宽解了许多,如被初日所照的晨雾一样,渐渐地收敛起来了;我们怀疑,伊们便能为我们指示出一条信仰大路来;我们失望,她们便能重新为我们燃起希望的火炬来。总之,无论我们怎样地在这世界被损害,被压抑,如一到这诗的灵的乐园里,则无有不受到沁入心底的慰安,无有不从死的灰中再燃着生命的青春的光明来。

我们对于这个乐园的伟大创造者,应该怎样地致我们的祝福,我们的崇慕,我们的敬爱之诚呢?

现在的世界,正如一个狭小而黑暗的小室。什么人都受物质主义的黑雾笼罩着,什么人都被这"现实"的小室紧紧地幽闭着。这小室里

---

[1] 熠(yì):光耀;鲜明。

面是可怖的沉闷、干枯与无聊。在里面的人，除了费他的时力，费他的生命在计算着金钱，在筹思着互相剥夺之策，在喧扰地在暗中互相争辩着嘲骂着如盲目者似的以外，便什么东西都不知道，什么生的幸福都没有享到了。泰戈尔则如一个最伟大的发现者一样，为这些人类发现了灵的亚美利亚，指示他们以更好的美丽的人生活；他如一线绚烂而纯白的曙光，从这暗室的天窗里射进来，使他们得以互相看见他们自己，看见他们的周围情境，看见一切事物的内在的真相。虽然有许多人，久在园中生活，见了这光，便不能忍受地紧闭了两眼，甚且诅骂着，然而大多数肯睁了眼四顾的，却已惊喜得欲狂起来。这光把室内四周的美画和宏丽的陈设都照出来，把人类的内在的心都照出来。

　　光，我的光，充满世界的光，吻于眼帘的光，悦我心曲的光！
　　呵，可爱的光，这光在我生命的中心跳舞；可爱的光，这光击我爱情的弦使鸣；天开朗了，风四远地吹，笑声满于地上了。
　　　　　　　　　　　　　　　　　——《吉檀迦利》之五十七

　　他们现在是明白世界，明白人生了。
　　我们对于这个伟大的发见者，这个能说出世界与人生的真相者，应该怎样地致我们的祝福，我们的崇慕，我们的敬爱之诚呢？
　　西方乃至全个世界，都被卷在血红的云与嫉妒的旋风里。每个民族，每个国家，每个党派，都以愤怒的眼互视着，都在粗声高唱着报仇的歌，都在发狂似的随了铁的声、枪的声而跳舞着。他们贪婪无厌，如毒龙之张了大嘴，互相吞咬，他们似乎要吞尽了人类，吞尽了世界；许多壮美的人为此而死，许多爱和平的人被其牺牲，许多宏丽的房宇为之崩毁，许多珠玉似的喷泉为之干竭，许多绿的草染了血而变色，许多荫蔽千亩的森林被枪火烧得枯焦。泰戈尔则如一个伟人似的，立在喜马拉耶山[1]之巅，立在阿尔卑斯山之巅，在静谧绚烂的旭光中，以他的迅雷似的语声，为他们宣传和平的福音，爱的福音。他的生命如"一线镇定而纯洁之光，到他们当中去，使他们愉悦而沉默"。他立他们黑漆漆的心中，把他的"和善的眼光堕在他们上面，如那黄昏的善爱的和平，覆盖着日间的骚扰"。

世界的清晨，已在黑暗的东方之后等着了。和平之神已将鼓翼飞来了。

他在祈祷，他在赞颂，他在等候。他的歌声虽有时沉寂，而他的歌却仍将在未来者的活泼泼的心中唱将出来，他的使命也终将能完成。

我们对于这个伟大的传道者又应该怎样地致我们的祝福，我们的崇慕，我们的敬爱之诚呢？

他现在是来了，是捧了这满握的美丽的赠品来了！他将把他的诗的灵的乐园带来给我们，他将使我们在黑漆漆的室中，得见一线的光明，得见世界与人生的真相，他将为我们宣传和平的福音。

我们将如何地喜悦，将如何热烈地欢迎他呢？

任我们怎样地欢迎他，似乎都不能表示我们对于他的崇慕与敬爱之心的百一。

我醒起来，在清晨得到他的信。

当夜间渐渐地万籁无声，群星次第出现时，我要把这封信摊放在我的膝上，沉默地坐着。

萧萧的绿叶会向我高声地读它，潺潺的溪流，会为我吟诵着它，

---

[1] 喜马拉耶山：通译喜马拉雅山。

而七个智慧星，也将在天上对我把它歌唱出来。

——《采果集》之四

　　这是泰戈尔他自己歌咏上帝的诗章之一，而我们现在也似乎有这种感想。我们表面上的热烈的欢迎，所不能表白的愉快与崇拜与恋慕，在这时是可以充分地表白出来。

　　他的伟大是无所不在的；而他的情思则唯我们在对着熠熠的繁星，潺潺的流水，或偃卧于绿荫上的绿草上，荡舟于群山四围的清溪里，或郁闷地坐在车中，惊骇的中夜静听着窗外奔腾呼号的大风雨时才能完全领会到。

　　我们应不仅为表面上的热烈的欢迎！

郑振铎

（原刊1923年9月10日《小说月报》第14卷第9号）

飞鸟集

一九二二年版《飞鸟集》例言

译诗是一件最不容易的工作。原诗音节的保留固然是绝不可能的事！就是原诗意义的完全移植，也有十分的困难。散文诗算是最容易译的，但有时也须费十分的力气。如惠德曼（Walt Whitman）[1]的《草叶集》便是一个例子。这有两个原因：第一，有许多诗中特用的美丽文句，差不多是不能移动的。在一种文字里，这种字眼是"诗的"，是"美的"，如果把它移植在第二种文字中，不是找不到相当的好字，便是把原意丑化了，变成非"诗的"了。在泰戈尔的《人格论》中，曾讨论到这一层。他以为诗总是要选择那"有生气的"字眼——就是那些不仅仅为报告用而能融化于我们心中，不因市井常用而损坏它的形式的字眼。譬如在英文里，"意识"（consciousness）这个字，带有多少科学的意义，所以诗中不常用它。印度文的同意字 chetana 则是一个"有生气"而常用于诗歌里的字。又如英文的"感情"（feeling）这个字是充满了生命的，但彭加利文[2]里的同意字 anubhuti 则诗中绝无用之者。在这些地方，译诗的人实在感到万分的困难。第二，诗歌的文句总是含蓄的，暗示的。他的句法的构造，多简短而含义丰富。有的时候，简直不能译。如直译，则不能达意。如稍加诠释，则又把原文的风韵与含蓄完全消灭，而使之不成一首诗了。

---

[1] 惠德曼：通译惠特曼（1819—1892），美国诗人。
[2] 彭加利文：即孟加拉文。

因此，我主张诗集的介绍，只应当在可能的范围内选择，而不能——也不必——完全整册地搬运过来。

大概诗歌的选译，有两个方便的地方：第一，选译可以适应译者的兴趣。在一个诗集中的许多诗，译者未必都十分喜欢它。如果不十分喜欢它，不十分感觉得它的美好，则他的译文必不能十分得神，至少也把这快乐的工作变成一种无意义的苦役。选译则可以减灭译者的这层痛苦。第二，便是减少上述的两层翻译上的困难。因为如此便可以把不能译的诗，不必译出来。译出来而丑化了或是为读者所看不懂，则反不如不译的好。

但我并不是在这里宣传选译主义。诗集的全选，是我所极端希望而且欢迎的。不过这种工作应当让给那些有全译能力的译者去做。我为自己的兴趣与能力所限制，实在不敢担任这种重大的工作。且为大多数的译者计，我也主张选译是较好的一种译诗方法。

现在我译泰戈尔的诗，便实行了这种选译的主张，以前我也有全译泰戈尔各诗集的野心。有好些友人也极力劝我把它们全译出来。我试了几次。但我的野心与被大家鼓起来的勇气，终于给我的能力与兴趣打败了。

现在所译的泰戈尔各集的诗，都是我所最喜欢读的，而且是我的能力所比较能够译得出的。

有许多诗，我自信是能够译得出的，但因为自己翻译它们的兴趣不大强烈，便不高兴去译它们。还有许多诗我是很喜欢读它们，而且是极愿意把它们译出来的，但因为自己能力的不允许，便也只好舍弃了它们。

即在这些译出的诗中，有许多也是自己觉得译得不好，心中很不满意的，但实在不忍再割舍它们了。只好请读者赏读它的原意，不必注意于粗陋的译文。

泰戈尔的诗集用英文出版的共有六部：

(一)《园丁集》　　　　　　　(*Gardener*)

(二)《吉檀迦利》　　　　　　(*Jitanjali*)

(三)《新月集》　　　　　　　(*Crescent Moon*)

(四)《采果集》　　　　　　　(*Fruit-Gathering*)

(五)《飞鸟集》　　　　　　　(*Stray Birds*)

(六)《爱者之贻[1]与歧路》　　(*Lover's Gift And Crossing*)

但据 B.K.Roy 的《泰戈尔与其诗》(R.Tagore: *The Man And His Poetry*)一书上所载,他用彭加利文写的重要诗集,却有下面的许多种:

Sandhva Sangit,	Kshanika,
Probhat Sangit,	Kanika,
Bhanusingher Padabali,	Kahini,
Chabi O Gan,	Sishn,
Kari O Komal,	Naibadya,
Prakritir Pratisodh,	Utsharga,
Sonartari,	Kheya,
Chaitali,	Gitanzali,
Kalpana,	Gitimalya,
Katha.	

我的这几本诗选,是根据那六部用英文写的诗集译下来的。因为我不懂梵文。

在这几部诗集中,间有重出的诗篇,如《海边》一诗,已见于《新月集》中,而又列入《吉檀迦利》,排为第六十首。《飞鸟集》的第九十八首,也与同集中的第二百六十三首相同。像这一类的诗篇,都照

---

[1] 贻(yí):赠送;遗留。

先见之例，把它列入最初见的地方。

我的译文自信是很忠实的。误解的地方，却也保不定完全没有。如读者偶有发现，肯公开地指教我，那是我所异常欢迎的。

郑振铎
1922 年 6 月 26 日

一九三三年版本序

《飞鸟集》曾经全译出来一次，因为我自己的不满意，所以又把它删节为现在的选译本[1]。以前，我曾看见有人把这诗集选译过，但似乎错得太多，因此我译时不曾拿它来参考。

近来小诗十分发达。它们的作者大半都是直接或间接受泰戈尔此集的影响的。此集的介绍，对于没有机会得读原文的，至少总有些贡献。

这诗集的一部分译稿是积了许多时候的，但大部分却都是在西湖俞楼译的。

我在此谢谢叶圣陶、徐玉诺二君。他们替我很仔细地校读过这部译文，并且供给了许多重要的意见给我。

郑振铎
1933 年 6 月 26 日

---

[1] 本书收录的《飞鸟集》是增补完备的全译本。

> **炼字**
>
> 秋日叶落本是自然现象，但一声"叹息"，赋予"叶"以人的情思，让我们感受到诗人对生命流逝的轻轻的哀愁。

1

夏天的飞鸟，飞到我窗前唱歌，又飞去了。

秋天的黄叶，它们没有什么可唱，只叹息一声，飞落在那里。

2

> **艺术特色**
>
> "漂泊者"没有特指，给我们无限的想象空间，它可以是人、草木、小动物等任何生灵，它们的"足印"也就是它们的生命，就是自然最美的诗行。

世界上的一队小小的漂泊者呀，请留下你们的足印在我的文字里。

3

世界对了它的爱人，把它浩瀚的面具揭下了。

它变小了，小如一首歌，小如一回永恒的接吻。

4

> **艺术手法**
>
> 大地的泪与"她"的笑形成鲜明的对比，在对比中诗人揭示了对大地母亲的感激之情。

是大地的泪点，使她的微笑保持着青春不谢。

5

无垠的沙漠热烈追求一叶绿草的爱，她摇摇头笑着飞开了。

6

如果你因失去了太阳而流泪，那么你也将失去群星了。

7

跳舞着的流水呀，在你途中的泥沙，要求你的歌声，你的流动呢。你肯挟跛足的泥沙而俱下吗？

8

她的热切的脸，如夜雨似的，搅扰着我的梦魂。

9

有一次，我们梦见大家都是不相识的。
我们醒了，却知道我们原是相亲相爱的。

10

忧思在我的心里平静下去，正如暮色降临在寂静的山林中。

艺术手法

忧思是抽象的，但暮色降临却是具象的。化抽象为具象，是诗词创作中最重要的手法之一。

11

有些看不见的手指，如懒懒的微飔[1]似的，正在我的

---

[1] 飔（sī）：凉风。

主题思想

"看不见的手指"是看不见的思想、意念，是作者心灵的歌，彰显着"清泉石上流"的空灵之美。

艺术手法

问答是现代诗的一种常见形式，如艾青诗歌中的《我爱这土地》《盼望》《煤的对话》，严力的《还给我》，迪伦的《在风中飘》等都有如此形式。

主题思想

庄子说："吾生也有涯，而知也无涯。"自然的创造是无限的，人所掌握的知识远不足以窥尽自然的神奇与奥秘。

心上，奏着潺湲[1]的乐声。

12

"海水呀，你说的是什么？"
"是永恒的疑问。"
"天空呀，你回答的话是什么？"
"是永恒的沉默。"

13

静静地听，我的心呀，听那世界的低语，这是它对你求爱的表示呀。

14

创造的神秘，有如夜间的黑暗，——是伟大的。而知识的幻影，不过如晨间之雾。

15

不要因为峭壁是高的，便让你的爱情坐在峭壁上。

---

[1] 潺湲（chán yuán）：形容河水等慢慢流动的样子。

16

我今晨坐在窗前,世界如一个过路的人似的,停留了一会,向我点点头又走过去了。

17

这些微飔,是绿叶的簌簌[1]之声呀;它们在我的心里,欢悦地微语着。

18

你看不见你自己,你所看见的,只是你的影子。

19

神呀,我的那些愿望真是愚傻呀,它们杂在你的歌声中喧[2]叫着呢。

让我只是静听着吧。

20

我不能选择那最好的。

---

[1] 簌簌(sù sù):形容风吹叶子等的声音,或眼泪等纷纷落下或肢体发抖的样子。

[2] 喧(xuān):声音大。

艺术手法

现代诗的意境往往有"去熟悉化"的特点,诗人把自己"路过"世界转换为世界"路过"自己的人生,整个意境陡然变得新奇而特别。

主题思想

希腊帕特农神庙的门柱上刻着"认识你自己"这样一句话,但人是否可以认识真正的自己,这是一个非常具有哲学意味的问题。

是那最好的选择我。

21

那些把灯背在背上的人，把他们的影子投到他们前面去了。

主题思想

灯本来应该挑在面前才能照亮前路，背在背上就无法照亮前路了，那我们就只能看到"影子"投下的黑暗了。这启示我们莫要把"灯"即光明抛在身后。

22

我的存在，对我是一个永久的神奇，这就是生活。

23

"我们萧萧树叶都有声响回答暴风雨，你是谁，沉默着？"
"我不过是一朵花。"

艺术手法

在问答中，树叶的喧嚣与花的沉默形成鲜明对比，印证了我们中国的一句古话"沉默是金"，也让人联想到鲁迅先生的那句"当我沉默的时候，我觉得很充实，当我开口说话的时候就感到了空虚"。

24

休息与工作的关系，正如眼睑[1]与眼睛的关系。

25

人是一个初生的孩子，他的力量，就是生长的力量。

---

[1] 睑（jiǎn）：眼皮。

16

26

神希望我们酬答他,在于他送给我们的花朵,而不在于太阳和土地。

27

光明如一个裸体的孩子,快快活活地在绿叶当中游戏,它不知道人是会欺诈的。

主题思想

小说用虚构的故事揭示人性的幽暗与复杂,而诗歌用光明来警示人们:永远要警惕人性中幽暗的部分。

28

啊,美呀,在爱中找你自己吧,不要到你镜子的谄谀[1]中去找寻。

主题思想

美,不在魔镜,而在充满爱的心灵,这让人联想到安徒生的童话,以及无数歌颂爱与美的文学作品,这是人类永恒的追求。

29

我的心把她的波浪在世界的海岸上冲击着,以热泪在上边写着她的题记:"我爱你。"

30

"月儿呀,你在等候什么呢?"

---

[1] 谄谀(chǎn yú):为了讨好而卑贱地奉承人。

语言风格

"月儿"的称呼尽显可爱与纯真,冰心先生所写的诗歌显然深受泰戈尔诗歌的影响,就像童话一样纯真且美好。

"敬礼我将让位的太阳。"

31

绿树长到了我的窗前,仿佛是喑[1]哑的大地发出的渴望的声音。

32

神自己的清晨,在他自己看来也是新奇的。

33

生命从世界得到资产,爱情使它得到价值。

语言风格

这两句小诗句式整齐,从形式上自有一种整饬的美;云和鸟自然而清新,不仅有一种飘逸的美,更道出人性的一种错位认知:你所不屑的正是我所梦寐以求的。

34

干竭的河床,并不感谢它的过去。

35

鸟儿愿为一朵云。
云儿愿为一只鸟。

---

[1] 喑(yīn):失音,不能出声。

36

瀑布歌道:"我得到自由时便有歌声了。"

37

我说不出这心为什么那样默默地颓丧[1]着。

是为了它那不曾要求,不曾知道,不曾记得的小小的需要。

38

妇人,你在料理家事的时候,你的手足歌唱着,正如山间的溪水歌唱着在小石中流过。

39

当太阳横过西方的海面时,对着东方留下他最后的敬礼。

40

不要因为你自己没有胃口,而去责备你的食物。

> **主题思想**
>
> 以劝诫的口吻,生动的比喻,告诉人们:要仁厚待人,克己内省,常思己过。

---

[1] 颓(tuí)丧:情绪低落,精神萎靡。

41

群树如表示大地的愿望似的，踮起脚来向天空窥[1]望。

艺术手法

拟人化的表达，是诗歌创作最常见的手法之一，这里树将大地和天空连接在了一起，极富画面感，把树写出了精神，写出了向往，写出了生命的蓬勃力量。

42

你微微地笑着，不同我说什么话，而我觉得，为了这个，我已等待得久了。

43

水里的游鱼是沉默的，陆地上的兽类是喧闹的，空中的飞鸟是歌唱着的。

但是，人类却兼有海里的沉默，地上的喧闹，与空中的音乐。

44

世界在踌躇[2]之心的琴弦上跑过去，奏出忧郁的乐声。

45

他把他的刀剑当作他的上帝。

---

[1] 窥（kuī）：暗中察看；从小孔或缝隙里看。
[2] 踌躇（chóu chú）：犹豫，徘徊不前。

当他的刀剑胜利时他自己却失败了。

46

神从创造中找到他自己。

47

阴影戴上她的面幕，秘密地，温顺地，用她的沉默的爱的脚步，跟在"光"后边。

48

群星不怕显得像萤火虫那样。

49

谢谢神，我不是一个权力的轮子，而是被压在这轮下的活人之一。

50

心是尖锐的，不是宽博的，它执着在每一点上，却并不活动。

创作背景

泰戈尔作为印度诗人，其文学创作深受本国的文化影响，郭沫若评价他的思想为"泛神论"，故而他的诗作中多次出现"神"的字眼以及诗人与"神"的对话。

51

你的偶像失散在尘土中了，这可证明神的尘土比你的偶像还伟大。

52

人不能在他的历史中表现出他自己，他在历史中奋斗着露出头角。

主题思想

玻璃灯对瓦灯的态度和对明月的态度，象征了世人嫌贫爱富的心理，很有讽刺意味。

53

玻璃灯因为瓦灯叫它做表兄而责备瓦灯。但当明月出来时，玻璃灯却温和地微笑着，叫明月为——"我亲爱的，亲爱的姊姊。"

54

我们如海鸥之与波涛相遇似的，遇见了，走近了。海鸥飞去，波涛滚滚地流开，我们也分别了。

55

我的白昼已经完了，我像一只泊在海滩上的小船，谛[1]

---

[1] 谛（dì）：仔细。

听着晚潮跳舞的乐声。

56

我们的生命是天赋的,我们唯有献出生命,才能得到生命。

57

当我们是大为谦卑的时候,便是我们最近于伟大的时候。

58

麻雀看见孔雀负担着它的翎尾,替它担忧。

59

决不要害怕刹那——永恒之声这样唱着。

60

飓风[1]于无路之中寻求最短之路,又突然地在"无何有之国"终止了它的寻求。

---

[1] 飓(jù)风:一种极强烈的风暴。

主题思想

泰戈尔并非主张轻视生命,两个"生命"内涵不同,所谓"献出"是"给予",唯有通过"给予",有限的、世俗的生命,才能超越成为无限的永恒的生命。

主题思想

这句小诗颇有哲学意味,与哲学家尼采的一句名言"人类的生命,不能以时间长短来衡量,心中充满爱时,刹那即为永恒"表达了同样的意思,只不过,泰戈尔的表达更形象,更富有诗意。

艺术手法

指空无所有的地方,译者引用了庄子的典故。庄子在《逍遥游》中写道:"今子有大树,患其无用,何不树之於无何有之乡,广莫之野。"

61

在我自己的杯中，饮了我的酒吧，朋友。
一倒在别人的杯里，这酒的腾跳的泡沫便要消失了。

62

"完全"为了对"不全"的爱，把自己装饰得美丽。

63

神对人说道："我医治你所以伤害你，爱你所以惩罚你。"

64

谢谢火焰给你光明，但是不要忘了那执灯的人，他是坚韧地站在黑暗当中呢。

65

小草呀，你的足步虽小，但是你拥有你足下的土地。

66

幼花的蓓蕾开放了，它叫道："亲爱的世界呀，请不要萎谢了。"

主题思想

诗中多次出现"光明"，周恩来总理就曾评价泰戈尔是"憎恨黑暗、争取光明的"伟大诗人的杰出代表。

67

神对于那些大帝国会感到厌恶，却决不会厌恶那些小小的花朵。

68

错误经不起失败，但是真理却不怕失败。

69

瀑布歌道："虽然渴者只要少许的水便够了，我却很快活地给予了我全部的水。"

主题思想

付出甘之如饴，所得归于欢喜。瀑布的无私"给予"，形象地展现了无私奉献者的高尚情操。

70

把那些花朵抛掷上去的那一阵子无休无止的狂欢大喜的劲儿，其源泉是在哪里呢？

71

樵夫[1]的斧头，问树要斧柄。

树便给了他。

---

[1] 樵（qiáo）夫：旧时称以打柴为生的男子。

艺术特色

泰戈尔的诗与我们中国的诗在某种程度上有一定的相似性。这首诗就让我们联想到"对潇潇暮雨洒江天，一番洗清秋""已是黄昏独自愁，更著风和雨""雨打梨花深闭门"这样写满孤寂的诗行。

艺术特色

泰戈尔作为东方诗人，因其主张爱统领一切，自然与人性和谐共生，因此诗人的"爱的哲学"也被称为"森林哲学"。

72

这寂独的黄昏，幕着雾与雨，我在我心的孤寂里，感觉到它的叹息。

73

贞操是从丰富的爱情中生出来的财富。

74

雾，像爱情一样，在山峰的心上游戏，生出种种美丽的变幻。

75

我们把世界看错了，反说它欺骗我们。

76

诗人——飙风[1]，正出经海洋和森林，追求它自己的歌声。

77

---

[1] 飙（biāo）风：猛烈的风；疾风。

每一个孩子出生时都带来信息说：神对人并未灰心失望。

78

绿草求她地上的伴侣。
树木求他天空的寂寞。

79

人对他自己建筑起堤防来。

80

我的朋友，你的语声飘荡在我的心里，像那海水的低吟之声，缭绕在静听着的松林之间。

81

这个不可见的黑暗之火焰，以繁星为其火花的，到底是什么呢？

82

使生如夏花之绚烂，死如秋叶之静美。

主题思想

古人有"死生亦大矣"的感叹，把生死看得沉重；这里"绚烂""静美"却把生死写得无比浪漫且美好。

主题思想

通过"爱人的"人和"想做好人的"人的对比，我们可以体会到"爱"与"行善"的本质区别：真正有大爱的人，心是敞开的、博大的。

83

那想做好人的，在门外敲着门；那爱人的，看见门敞开着。

84

在死的时候，众多合而为一；在生的时候，一化为众多。

神死了的时候，宗教便将合而为一。

85

艺术家是自然的情人，所以他是自然的奴隶，也是自然的主人。

86

"你离我有多远呢，果实呀？"

"我藏在你心里呢，花呀。"

87

这个渴望是为了那个在黑夜里感觉得到，在大白天里却看不见的人。

88

露珠对湖水说道:"你是荷叶下面的大露珠,我是在荷叶上面的较小的露珠。"

89

刀鞘保护刀的锋利,它自己则满足于它的迟钝。

90

在黑暗中,"一"视若一体;在光亮中,"一"便视若众多。

主题思想

"一"和"多",明和暗,诗人用对比的手法揭示出一个隽永的哲理:有限和无限是相对的,是可以互相转化的。

91

大地借于绿草,显出她自己的殷勤好客。

92

绿叶的生与死乃是旋风的急骤的旋转,它的更广大的旋转的圈子乃是在天上繁星之间徐缓的转动。

艺术手法

诗人从绿叶的生死看到了旋风、繁星,巧妙地将极小之物与广袤的宇宙联系在了一起,小中见大,让我们感受到一个无比辽阔、万物相连的奇妙世界。

93

权势对世界说道:"你是我的。"

初中语文延展阅读丛书

主题思想

诗人通过对比，鲜明地揭示了权势和爱情的本质区别，诗人对于权势的厌恶与对爱情的讴歌。

世界便把权势囚禁在她的宝座下面。
爱情对世界说道："我是你的。"
世界便给予爱情以在她屋内来往的自由。

94

浓雾仿佛是大地的愿望。
它藏起了太阳，而太阳原是她所呼求的。

95

艺术特色

泰戈尔作为东方诗人，深受东方文化的影响，这使得他的诗歌具有一种中国文化中的禅意，这句诗就和我们熟知的"不是风动，不是幡动，仁者心动"的思想有很大的相似性。

安静些吧，我的心，这些大树都是祈祷者呀。

96

瞬刻的喧声，讥笑着永恒的音乐。

97

我想起了浮泛在生与爱与死的川流上的许多别的时代以及这些时代之被遗忘，我便感觉到离开尘世的自由了。

98

我灵魂里的忧郁就是她的新婚的面纱。
这面纱等候着在夜间卸去。

99

死之印记给生的钱币以价值，使它能够用生命来购买那真正的宝物。

100

白云谦逊地站在天之一隅[1]。晨光给它戴上了霞彩。

艺术手法

这句诗启示我们：拟人手法的巧妙，不仅仅在于生动形象，更在于它可以赋予自然以温度、以灵性、以高贵的品格。

101

尘土受到损辱，却以她的花朵来报答。

102

只管走过去，不必逗留着采了花朵来保存，因为一路上，花朵自会继续开放的。

103

根是地下的枝。
枝是空中的根。

艺术手法

这两句诗非常巧妙，句式整齐，且只是调换了个别字的位置，就让诗意产生了奇妙的变化："根"与"枝"虽然位置不同，但它们紧密相连，在重要程度上不分伯仲。

---

[1] 隅（yú）：角落。

艺术特色

《飞鸟集》中的小诗往往都如格言一样让人深思和警醒。这首诗用祈使语气告诫我们：友谊要平等，不要怜悯。真正的爱不是俯视的，而是平视的。

艺术特色

《飞鸟集》的诗歌大多短小精悍，内容往往是诗人的短暂的思绪，如这首诗描写的就是"无名的感触"。这些小诗就像星辰一样，虽然每一首都很小，叠加起来却构成了璀璨的星空。

104

远远去了的夏之音乐，翱翔[1]于秋间，寻求它的旧垒。

105

不要从你自己的袋里掏出勋绩[2]借给你的朋友，这是污辱他的。

106

无名的日子的感触，攀缘在我的心上，正像那绿色的苔藓，攀缘在老树的周身。

107

回声嘲笑着她的原声，以证明她是原声。

108

当富贵利达的人夸说他得到神的特别恩惠时，上帝却羞了。

---

[1] 翱翔（áo xiáng）：在空中回旋地飞。
[2] 勋（xūn）绩：很高的功劳。

109

我投射我自己的影子在我的路上,因为我有一盏还没有燃点起来的明灯。

110

人走进喧哗的群众里去,为的是要淹没他自己的沉默的呼号。

111

终止于衰竭的是"死亡",但"圆满"却终止于无穷。

112

太阳只穿一件朴素的光衣,白云却披了灿烂的裙裾[1]。

113

山峰如群儿之喧嚷,举起他们的双臂,想去捉天上的星星。

艺术手法

这句诗的比喻和拟人手法非常别出心裁。我们惯于描绘山的巍峨、连绵、静默,泰戈尔却赋予他们以摘星辰这样非常浪漫的梦想,令人耳目一新。

---

[1] 裙裾(jū):裙子;裙幅。

114

道路虽然拥挤，却是寂寞的，因为它是不被爱的。

115

权势以它的恶行自夸，落下的黄叶与浮游的云片却在笑它。

116

今天大地在太阳光里向我营营哼鸣，像一个织着布的妇人，用一种已经被忘却的语言，哼着一些古代的歌曲。

主题思想

诗人用比喻的修辞，生动地传达出自己对"语言""被忘却"深沉的忧虑，这里的语言实则也包括历史、岁月与文化。"被忘却"就意味着真正的死亡，对于任何民族而言，这都是非常悲哀的。

117

绿草是无愧于它所生长的伟大世界的。

118

梦是一个一定要谈话的妻子，
睡眠是一个默默地忍受的丈夫。

119

夜与逝去的日子接吻，轻轻地在他耳旁说道："我是死，是你的母亲。我就要给你以新的生命。"

120

黑夜呀，我感觉得你的美了。你的美如一个可爱的妇人，当她把灯灭了的时候。

121

我要把那些已逝去的世界上的繁荣带到我的世界上来。

122

亲爱的朋友呀，当我静听着海涛时，我有好几次在暮色深沉的黄昏里，在这个海岸上，感到你的伟大思想的沉默了。

123

鸟以为把鱼举在空中是一种慈善的举动。

124

夜对太阳说道："在月亮中，你送了你的情书给我。""我已在绿草上留下了我的流着泪点的回答了。"

主题思想

这句诗用拟人化的表达和生动的对话，艺术地揭示了一个哲理：旧事物中蕴含着新事物，这与唐代诗人王湾的"海日生残夜，江春入旧年"有异曲同工之妙。

主题思想

这句诗说的就是这样一种现象：很多时候，人们以爱的名义做着伤害之事。殊不知，爱，不是自以为是，而是换位思考。

意象

诗人通过意象理解世界，也通过意象解释世界。这首诗让我们通过"鹅卵石"理解人的成长：健康人格的养成不靠打骂，而要凭借美与爱的熏陶。对于教育者而言，尤其需要知道这一点。

艺术手法

诗人兼用对比和拟人的修辞，形象地讽刺了浮华之人的可笑，褒扬了心怀感激之人的可爱，美与丑，分明可见。

125

伟人是一个天生的孩子，当他死时，他把他的伟大的孩提时代给了世界。

126

不是槌的打击，乃是水的载歌载舞，使鹅卵石臻[1]于完美。

127

蜜蜂从花中啜[2]蜜，离开时营营地道谢。
浮华的蝴蝶却相信花是应该向它道谢的。

128

如果你不等待着要说出完全的真理，那么把真话说出来是很容易的。

129

"可能"问"不可能"道：

---

[1] 臻（zhēn）：达到。
[2] 啜（chuò）：喝。

"你住在什么地方呢？"

它回答道："在那无能为力者的梦境里。"

130

如果你把所有的错误都关在门外时，真理也要被关在外面了。

131

我听见有些东西在我心的忧闷后面萧萧作响，——我不能看见它们。

132

闲暇在动作时便是工作。

静止的海水荡动时便成波涛。

133

绿叶恋爱时便成了花。

花崇拜时便成了果实。

主题思想

我们通常重视枝叶与繁花，而根往往被忽略，诗人则不然，他甚至看到了根的"美德"——不求回报地付出。

134

埋在地下的树根使树枝产生果实，却并不要求什么报酬。

135

阴雨的黄昏，风无休止地吹着。

我看着摇曳的树枝，想念着万物的伟大。

136

子夜的风雨，如一个巨大的孩子，在不合时宜的黑夜里醒来，开始游戏和喊叫起来了。

137

海呀，你这暴风雨的孤寂的新妇呀，你虽掀起波浪追随你的情人，但是无用呀。

138

文字对工作说："我惭愧我的空虚。"

工作对文字说："当我看见你时，我便知道我是怎样地贫乏了。"

139

时间是变化的财富,时钟模仿它,却只有变化而没有财富。

140

真理穿了衣裳,觉得事实太拘束了。在想象中,她却转动得很舒畅。

141

当我到这里到那里地旅行着时,路呀,我厌倦了你了;但是现在,当你引导我到各处去时,我便爱上你,与你结婚了。

142

让我设想,在群星之中,有一颗星是指导着我的生命通过不可知的黑暗的。

143

妇人,你用了你美丽的手指,触着我的什物[1],秩序便如音乐似的生出来了。

---

[1] 什(shí)物:指家庭日常应用的衣物及其他零碎用品。

主题思想

诗人用拟人化的手法,形象地道出了真理的本质:实践出真知,但实践有限,真知无穷,而探索的"舒畅"——乐趣也正在这里。

意象

星空,对于哲学家康德而言,是与道德法则一样令他无比敬畏的东西,对于画家凡·高来说,是抗衡绝望与孤独的精神力量,对于科幻小说家刘慈欣而言,是对未知宇宙文明的浪漫想象……人们做的,无非就是仰望它,幻想它,描绘它,被它启迪,赋予它无限的意义。

144

一个忧郁的声音，筑巢于逝水似的年华中。
它在夜里向我唱道："我爱你。"

145

燃着的火，以它的熊熊之光焰警告我不要走近它。
把我从潜藏在灰中的余烬里救出来吧。

146

我有群星在天上，
但是，唉，我屋里的小灯却没有点亮。

147

死文字的尘土沾着你。
用沉默去洗净你的灵魂吧。

148

生命里留了许多罅[1]隙，从中送来了死之忧郁的音乐。

---

[1] 罅（xià）：缝隙。

艺术特色

这短短的两句对话之所以是诗，在于诗人赋予世俗的语言（"我爱你"）和世俗的情绪（"忧郁"）以形象的、神秘的意境，无论是诗中的"你"还是"我"，都让我们产生无穷的联想。

主题思想

生命是脆弱的，我们生来就无时无刻不被死亡相随着，正如魏晋时期书法家王羲之所悲叹的那样："岂不痛哉！"

149

世界已在早晨敞开了它的光明之心。
出来吧，我的心，带着你的爱去与它相会。

150

我的思想随着这些闪耀的绿叶而闪耀；我的心灵因了这日光的抚触而歌唱；我的生命因为偕了万物一同浮泛在空间的蔚蓝、时间的墨黑中而感到欢快。

艺术特色

览物之情，人皆有之，而伟大的诗人能够"笼天地于形内，挫万物于笔端"，"观古今于须臾，抚四海于一瞬"！

151

神的巨大的威权是在柔和的微飔里，而不在狂风暴雨之中。

152

在梦中，一切事都散漫着，都压着我，但这不过是一个梦呀。当我醒来时，我便将觉得这些事都已聚集在你那里，我也便将自由了。

153

落日问道："有谁继续我的职务呢？"

瓦灯说道:"我要尽我所能的做去,我的主人。"

154

采着花瓣时,得不到花的美丽。

155

沉默蕴蓄着语声,正如鸟巢拥围着睡鸟。

156

大的不怕与小的同游。
居中的却远而避之。

157

夜秘密地把花开放了,却让那白日去领受谢词。

158

权势认为牺牲者的痛苦是忘恩负义。

159

当我们以我们的充实为乐时,那么,我们便能很快乐

主题思想

一首诗的胜利,不仅是思想的胜利,同时也是美的胜利。这首小诗不仅有美的词汇,更有美的意象,美的思想——美是整体。

地跟我们的果实分手了。

160

雨点吻着大地，微语道："我们是你的思家的孩子，母亲，现在从天上回到你这里来了。"

161

蛛网好像要捉露点，却捉住了苍蝇。

162

爱情呀，当你手里拿着点亮了的痛苦之灯走来时，我能够看见你的脸，而且以你为幸福。

163

萤火对天上的星说道："学者说你的光明，总有一天会消灭的。"
天上的星不回答它。

164

在黄昏的微光里，有那清晨的鸟儿来到了我的沉默的鸟巢里。

艺术特色

中国古代文论家陆机曾说诗是缘情而绮靡的。泰戈尔的这些小诗中自然万物都富有深情，这首诗里就借"雨"的意象表达了诗人对大地的深沉之爱。

主题思想

爱情是文学作品永恒的主题。诗人细腻地感受到爱情中既痛苦又幸福的感受，道出无数爱人的心声。诗人普希金在《致凯恩》一诗中也有类似的抒情："在那绝望的忧愁的苦恼中……我还在睡梦中见到你亲爱的面影"。

艺术手法

这首诗同时使用了拟人、对比的手法，写出了萤火的无知。

165

思想掠过我的心上,如一群野鸭飞过天空。
我听见它们的鼓翼之声了。

166

沟洫[1]总喜欢想:河流的存在,是专为着供给它水流的。

主题思想

这句脍炙人口的小诗也被译为"世界以痛吻我,我却报之以歌",可以说给了无数经受痛苦、挫折的人以精神的鼓舞。

167

世界以它的痛苦同我接吻,而要求歌声做报酬。

168

压迫着我的,到底是我的想要外出的灵魂呢,还是那世界的灵魂,敲着我心的门想要进来呢?

主题思想

这个选择问句简直就是灵魂考问,我们内心的感受,到底是世界的灵魂还是自我的灵魂,诗人没有给我们答案,但认识世界和认识自我,却是一个永恒的哲学命题。

169

思想以它自己的言语喂养它自己,而成长起来。

---

[1] 沟洫(xù):水道;沟渠。

170

我把我的心之碗轻轻浸入这沉默之时刻中,它盛满了爱了。

171

或者你在工作,或者你没有。
当你不得不说,"让我们做些事吧",那么就要开始胡闹了。

主题思想

诗人把"做事"和"胡闹"联系在一起,乍看令人匪夷所思,实际上却蕴含着中国古代先哲老庄的"无为"思想。

172

向日葵羞于把无名的花朵看作它的同胞。
太阳升上来了,向它微笑,说道:"你好么,我的宝贝儿?"

艺术手法

设问是泰戈尔常用的艺术手法。通过设问,诗人很好地引发了我们对于命运的思考:主宰我们命运的,不是别人,正是我们自己。

173

"谁如命运似的推着我向前走呢?"
"那是我自己,在身背后大跨步走着。"

艺术手法

诗人在使用拟人手法的同时,又巧妙地嵌套了一个比喻的修辞,富有山水诗的意境,让人联想到"悠然远山暮,独向白云归""白云回望合,青霭入看无"。

174

云把水倒在河的水杯里,它们自己却藏在远山之中。

175

我一路走去,从我的水瓶中漏出水来。
只剩下极少极少的水供我回家使用了。

176

杯中的水是光辉的;海中的水却是黑色的。
小理可以用文字来说清楚;大理却只有沉默。

177

你的微笑是你自己田园里的花,你的谈吐是你自己山上的松林的萧萧,但是你的心呀,却是那个女人,那个我们全都认识的女人。

178

我把小小的礼物留给我所爱的人,——大的礼物却留给一切的人。

179

妇人呀,你用泪海包绕着世界的心,正如大海包绕着大地。

艺术特色

泰戈尔在作品中对女性给予了很大的关注和赞美,《飞鸟集》中也不乏书写爱情的诗句,这在当时的印度是非常少见且难能可贵的。

180

太阳以微笑向我问候。
雨,他的忧闷的姊姊,向我的心谈话。

181

我的昼间之花,落下它那被遗忘的花瓣。
在黄昏中,这花成熟为一颗记忆的金果。

> **意境**
>
> 在我们中国的古诗词中,"落花"作为意象往往象征着岁月的流逝,生命的消亡,所以常常带给人无可奈何的惆怅。在这里,落花不是哀伤的,而是令人喜悦的金色的果实,让人看到生命的延续。

182

我像那夜间之路,正静悄悄地谛听着记忆的足音。

183

黄昏的天空,在我看来,像一扇窗户,一盏灯火,灯火背后的一次等待。

> **意境**
>
> 诗人总是富于想象,通过丰富且神奇的想象,把世界诗化、美化。这句诗中的"黄昏的天空",不是美在本身的色彩,而是美在这一特殊时刻的人间烟火,美在一扇扇窗户前昏黄的灯火映照出的"日之夕矣"的凝眸热望。

184

太急于做好事的人,反而找不到时间去做好人。

185

我是秋云,空空地不载着雨水,但在成熟的稻田中,可以看见我的充实。

186

他们嫉妒，他们残杀，人反而称赞他们。
然而上帝却害了羞，匆匆地把他的记忆埋藏在绿草下面。

主题思想

艺术是生活的写照，诗中"他们残杀"反映的正是20世纪初印度饱受帝国主义欺凌的社会现实，诗人用拟人手法艺术地对那些残暴的人进行了讽刺与抨击。

187

脚趾乃是舍弃了其过去的手指。

188

黑暗向光明旅行，但是盲者却向死亡旅行。

189

小狗疑心大宇宙阴谋篡夺它的位置。

主题思想

看起来"小狗"的"疑心"可笑至极，实际上却非常现实，这和我们中国古话中"以小人之心，度君子之腹"说的是一个道理。

190

静静地坐着吧，我的心，不要扬你的尘土。
让世界自己寻路向你走来。

191

弓在箭要射出之前，低声对箭说道："你的自由就是我的自由。"

192

妇人，在你的笑声里有着生命之泉的音乐。

193

全是理智的心，恰如一柄全是锋刃的刀。它叫使用它的人手上流血。

194

神爱人间的灯光甚于他自己的大星。

195

这世界乃是为美之音乐所驯服了的狂风骤雨的世界。

196

晚霞向太阳说道："我的心经了你的接吻，便似金的宝箱了。"

主题思想

泰戈尔是一个非常慈悲的人，他赞同甘地的"非暴力主义"思想，在《生之实现》中他明确表示摒弃杀戮与罪恶，这让他无限贴近大地和人民，成为伟大的人道主义者。

197

接触着，你许会杀害；远离着，你许会占有。

198

蟋蟀的唧唧，夜雨的淅沥，从黑暗中传到我的耳边，好似我已逝的少年时代沙沙地来到我的梦境中。

艺术特色

诗人用蟋蟀和夜雨编织成了童年的梦，编织成了带有时空滤镜的诗。就这一点而言，中国"新月派"诗人冰心深受其影响，写成了著名的《繁星》《春水》，成为冰心"爱的哲学"的重要主题——自然和童真。

199

花朵向星辰落尽了的曙天叫道："我的露滴全失落了。"

200

燃烧着的木块，熊熊地生出火光，叫道："这是我的花朵，我的死亡。"

201

黄蜂以邻蜂储蜜之巢为太小。
他的邻人要他去建筑一个更小的。

艺术手法

诗人用拟人兼对话的手法，不仅形象地写出了大河奔流不息的特点，蕴含了万物皆有灵性的思想，而且启示我们：要坦然接受命运的安排，顺其自然。

202

河岸向河流说道："我不能留住你的波浪。"

"让我保存你的足印在我心里吧。"

203

白日以这小小地球的喧扰，淹没了整个宇宙的沉默。

204

歌声在天空中感到无限，图画在地上感到无限，诗呢，无论在空中、在地上都是如此；
因为诗的词句含有能走动的意义与能飞翔的音乐。

艺术手法

诗人用歌声、图画来衬托诗歌内涵的无限，同时又用整齐的排比赋予这首诗以明快的节奏，此外，还巧妙地用音乐设喻，来形象地表达诗歌的音乐美与意蕴美。

205

太阳在西方落下时，他的早晨的东方已静悄悄地站在他面前。

206

让我不要错误地把自己放在我的世界里而使它反对我。

艺术手法

诗人用第一人称的视角进行了真诚的自我解剖和忏悔，比那些居高临下的道德说教和谴责高明太多，诗人高尚人格跃然纸上的同时，也温柔地促使我们反思自己。

207

荣誉使我感到惭愧，因为我暗里地求着它。

208

当我没有什么事做时,便让我不做什么事,不受骚扰地沉入安静深处吧,一如那海水沉默时海边的暮色。

209

少女呀,你的淳朴,如湖水之碧,表现出你的真理之深邃。

210

最好的东西不是独来的。
它伴了所有的东西同来。

211

神的右手是慈爱的,但是他的左手却可怕。

212

我的晚色从陌生的树木中走来,它用我的晓星所不懂得的语言说话。

主题思想

诗人将慈爱与可怕对举,看似令人匪夷所思,但实际上却勘破了生死。所谓"神"的"慈爱",是给我们生命与情感、光荣与梦想,但同时"可怕"的"神"也会无情地拿走这一切,让我们痛不欲生,无能为力。

213

夜之黑暗是一只口袋，迸出黎明的金光。

214

我们的欲望，把彩虹的颜色，借给那只不过是云雾的人生。

215

神等待着要从人的手上把他自己的花朵作为礼物赢回去。

216

我的忧思缠扰着我，要问我它们自己的名字。

217

果实的事业是尊贵的，花的事业是甜美的，但是让我做叶的事业吧，叶是谦逊地专心地垂着绿荫的。

主题思想

黎明不仅不是黑暗的对立面，而且诞生于黑暗，这一哲理同诗人顾城的诗歌"黑夜给了我黑色的眼睛，我却用它寻找光明"有相似的思想。

艺术手法

我们的人生常常是"生年不满百，常怀千岁忧"的，因而"忧思"成了诸多文学作品的主题，但我们常见的是把"忧思"比喻为一个生动形象的事物，但诗人却把"忧思"拟人化，这样一来，"忧思"不再是一个静态的客体，而是"缠绕着我"的动态的主体，这样的写法非常新颖别致。

218

我的心向着阑珊[1]的风张了帆，要到无论何处的阴凉之岛去。

219

独夫们是凶暴的，但人民是善良的。

220

把我当作你的杯吧，为了你，为了你的人而盛满水吧。

221

狂风暴雨像是在痛苦中的某个天神的哭声，因为他的爱情被大地所拒绝。

222

世界不会流失，因为死亡并不是一个罅隙。

---

[1] 阑珊（lán shān）：将尽；衰落。

主题思想

世界是外在于我们的，不生不灭的，虽然个体的生命会死亡陨灭，但恰如宗璞在《紫藤萝瀑布》中所感叹的"生命的长河是无止境的"，所以个体生命的死亡绝对无法造成世界的"罅隙"。

223

生命因为付出了的爱情而更为富足。

224

我的朋友,你伟大的心闪射出东方朝阳的光芒,正如黎明中一个积雪的孤峰。

225

死之流泉,使生的止水跳跃。

226

那些有一切东西而没有您的人,我的上帝,在讥笑着那些没有别的东西而只有您的人呢。

227

生命的运动在它自己的音乐里得到它的休息。

228

踢足只能从地上扬起灰尘而不能得到收获。

主题思想

这个世界曾经生活过那么多人，但能被铭记的却寥若晨星，这也许让人感到悲哀，但也许存在过就是我们的价值，诗人自己也说过"天空没有留下鸟的痕迹，但鸟已飞过"。

意象

"鸟"象征"人"，"黄金"象征"名利"。诗人借这两个意象告诫我们莫要被名缰利锁束缚失去自由。

229

我们的名字，便是夜里海波上发出的光，痕迹也不留地就泯[1]灭了。

230

让睁眼看着玫瑰花的人也看看它的刺。

231

鸟翼上系上了黄金，这鸟便永不能再在天上翱翔了。

232

我们地方的荷花又在这陌生的水上开了花，放出同样的清香，只是名字换了。

233

在心的远景里，那相隔的距离显得更广阔了。

---

[1] 泯（mǐn）：消失。

234

月儿把她的光明遍照在天上,却留着她的黑斑给她自己。

> **艺术手法**
>
> 诗人用拟人手法赋予这皎皎明月以无私奉献的高大形象,又通过她表面的"黑斑"衬托她的"光明",更增添了她的光辉。

235

不要说"这是早晨",别用一个"昨天"的名词把它打发掉,你第一次看到它,把它当作还没有名字的新生孩子吧。

236

青烟对天空夸口,灰烬对大地夸口,都以为它们是火的兄弟。

237

雨点向茉莉花微语道:"把我永久地留在你的心里吧。"茉莉花叹息了一声,落在地上了。

> **艺术手法**
>
> 雨的微语与花的叹息,使用了拟人的手法,把洁白芬芳的茉莉和温润的雨点写得极有深情,"叹息"和"落"两个动词更是渲染出一种淡淡的哀愁。

238

悿[1]怯的思想呀,不要怕我。

---

[1] 悿(tiǎn):惭愧。

我是一个诗人。

239

我的心在朦胧的沉默里,似乎充满了蟋蟀的鸣声——声音的灰暗的暮色。

240

爆竹呀,你对于群星的侮蔑,又跟着你自己回到地上来了。

241

您曾经带领着我,穿过我的白天的拥挤不堪的旅程,而到达了我的黄昏的孤寂之境。

在通宵的寂静里,我等待着它的意义。

242

我们的生命就似渡过一个大海,我们都相聚在这个狭小的舟中。

死时,我们便到了岸,各往各的世界去了。

主题思想

人生最难的恐怕就是欣然直面死亡了,诗人受佛教文化的影响,认为死亡不是生命的终点,生命也不过是渡过沧海,很有一种人生达观的态度。

243

真理之川从它的错误之沟渠中流过。

244

今天我的心是在想家了,在想着那跨过时间之海的那一个甜蜜的时候。

主题思想

"乡愁"大概是最能跨越时间、国度、文化的人类共同的母题了,因着时空的滤镜,"家"成了最让人眷恋的甜蜜又惆怅的所在,也许是因为亲人,也许是因为爱人,也许是因为灵魂需要归宿。

245

鸟的歌声是曙光从大地反响过去的回声。

246

晨光问毛茛[1]道:"你是骄傲得不肯和我接吻吗?"

247

小花问道:"我要怎样地对你唱,怎样地崇拜你呢,太阳呀?"

太阳答道:"只要用你的纯洁的素朴的沉默。"

---

[1] 毛茛(gèn):多年生草本植物,茎叶有茸毛,花黄色。植株有毒,可入药。

主题思想

这是智者对人性幽暗面的冷峻洞察,话语中饱含苍凉。

艺术手法

诗人巧妙地同时使用了拟人和比喻的修辞手法,将金色的阳光照耀黑云的自然现象写得清新明丽,富有诗情画意之美。此外,如果我们把"黑云"视作厄运的话,那么,一种类似苦难造就辉煌的哲理便蕴含其中了。

主题思想

"死"作为"生"的对立面,通常都是令人恐惧的来源之一,古今中外先哲不乏对此的感叹,然而在泰戈尔诗中,"死"也是"歌",在他的心里,"死"不是寂灭,也绝非生命的结束,它是无限,是与生命如影随形的。

248

当人是兽时,他比兽还坏。

249

黑云受光的接吻时便变成天上的花朵。

250

不要让刀锋讥笑它柄子的拙钝。

251

夜的沉默,如一个深深的灯盏,银河便是它燃着的灯光。

252

死像大海的无限的歌声,日夜冲击着生命的光明岛的四周。

253

花瓣似的山峰在饮着日光,这山岂不像一朵花吗?

254

"真实"的含义被误解,轻重被倒置,那就成了"不真实"。

255

我的心呀,从世界的流动中找你的美吧,正如那小船得到风与水的优美似的。

256

眼不以能视来骄人,却以它们的眼镜来骄人。

257

我住在我的这个小小世界里,生怕使它再缩小一丁点儿。把我抬举到您的世界里去吧,让我有高高兴兴地失去我的一切的自由。

258

虚伪永远不能凭借它生长在权力中而变成真实。

259

我的心,同着它的歌的拍拍舐[1]岸的波浪,渴望着要抚爱这个阳光熙和的绿色世界。

260

道旁的草爱那天上的星吧,你的梦境便可在花朵里实现了。

261

让你的音乐如一柄利刃,直刺入市井喧扰的心中吧。

262

这树的颤动之叶,触动着我的心,像一个婴儿的手指。

263

小花睡在尘土里。
它寻求蛱蝶走的道路。

艺术特色

诗人的心有远超于一般人的敏感与细腻,这首诗中树叶的颤动不仅如婴儿手指一般,那么轻柔,那么美好,而且是与诗人的心动同频共振的,多么富有哲理,似乎暗合了庄子"万物与我为一"的朴素思想。

---

[1] 舐(shì):舔。

264

我是在道路纵横的世界上。

夜来了。打开您的门吧,家之世界呵!

265

我已经唱过了您的白天的歌。

在黄昏时候,让我拿着您的灯走过风雨飘摇的道路吧。

266

我不要求你进我的屋里。

你到我无量的孤寂里来吧,我的爱人!

267

死亡隶属于生命,正与生一样。

举足是走路,正如落足也是走路。

268

我已经学会了你在花与阳光里微语的意义。——再教我明白你在苦与死中所说的话吧。

艺术手法

在诗人笔下，黑暗的难以摹状的"夜"不仅仅是具有时间意义的，诗人通过生动的比喻和拟人手法把它比作灯盏、花朵、口袋、可爱的妇人等，巧妙地化抽象为具象，化无情为有情。

主题思想

这首诗中，三个不同的时间分别对应人的出生、活着与离世，这三个时间是短暂的，但"大地"却是永恒的，由此，我们可以看到诗人的宇宙观。我们中国传统文化中也有类似的思想，如苏轼曾在送别友人钱穆父时写过"人生如逆旅，我亦是行人"。

269

夜的花朵来晚了，当早晨吻着她时，她战栗着，叹息了一声，萎落在地上了。

270

从万物的愁苦中，我听见了"永恒母亲"的呻吟。

271

大地呀，我到你岸上时是一个陌生人，住在你屋内时是一个宾客，离开你的门时是一个朋友。

272

当我去时，让我的思想到你那里来，如那夕阳的余光，映在沉默的星天的边上。

273

在我的心头燃点起那休憩[1]的黄昏星吧，然后让黑夜向我微语着爱情。

---

[1] 憩（qì）：休息。

274

我是一个在黑暗中的孩子。
我从夜的被单里向您伸出我的双手,母亲。

275

白天的工作完了。把我的脸掩藏在您的臂间吧,母亲。让我入梦吧。

276

集会时的灯光,点了很久,会散时,灯便立刻灭了。

277

当我死时,世界呀,请在你的沉默中,替我留着"我已经爱过了"这句话吧。

278

我们在热爱世界时便生活在这世界上。

279

让死者有那不朽的名,但让生者有那不朽的爱。

艺术特色

诗中的"我"用孩子的口吻表达着对母亲的依恋,很有一种童真的意味。

主题思想

不论是诗歌、散文,还是小说,泰戈尔作品中的女性形象都是光辉的,其中一类形象就是温柔慈爱的母亲,典型如诗歌《金色花》《母亲》。

主题思想

这里的"生死"不是生物学意义上的，而是灵魂层面上的。用哲学家的话来说，人每天都不是过去的自己，"死了又死"的是每一个过去的自己，"无穷无尽的""生"的则是不断长大，不断变智慧的蜕变。

艺术特色

作为印度诗人，泰戈尔的诗歌很具有一种宗教色彩，这里的"您"就是诗人心中的"神"。当然这个"神"也可以理解成自然。

280

我看见你，像那半醒的婴孩在黎明的微光里看见他的母亲，于是微笑而又睡去了。

281

我将死了又死，以明白生是无穷无尽的。

282

当我和拥挤的人群一同在路上走过时，我看见您从阳光上送过来的微笑，我歌唱着，忘却了所有的喧哗。

283

爱就是充实了的生命，正如盛满了酒的酒杯。

284

他们点了他们自己的灯，在他们的寺院内，吟唱他们自己的话语。

但是小鸟们却在你的晨光中，唱着你的名字，——因为你的名字便是快乐。

285

领我到您沉寂的中心，使我的心充满歌吧。

286

让那些选择了他们自己的焰火哗哗的世界的，就生活在那里吧。

我的心渴望着您的繁星，我的上帝。

287

爱的痛苦环绕着我的一生，像汹涌的大海似的唱着，而爱的快乐却像鸟儿们在花林里似的唱着。

288

假如您愿意，您就熄了灯吧。

我将明白您的黑暗，而且将喜爱它。

289

当我在那日子的终了，站在您的面前时，您将看见我的伤疤，而知道我有我的许多创伤，但也有我的医治的法儿。

艺术手法

这里的"伤疤""创伤"不是确指，而是一个象征性的存在，它可以是我们经受的任何挫折、痛苦或磨难。可贵的是，诗人能治愈自己的内心，能以达观的态度对待人生的"创伤"，这也给我们的人生以启迪。

290

总有一天，我要在别的世界的晨光里对你唱道："我以前在地球的光里，在人的爱里，已经见过你了。"

291

从别的日子里飘浮到我的生命里的云，不再落下雨点或引起风暴了，却只给予我的夕阳的天空以色彩。

292

真理引起了反对它自己的狂风骤雨，那场风雨吹散了真理的广播的种子。

> **主题思想**
>
> 这首小诗中的"风雨"至少有四重意思：一是自然层面的，阳光总在风雨后；二是人生层面的，苦难造就辉煌；三是社会层面的，多难兴邦；四是哲学层面的，道路是曲折的，未来是光明的。

293

昨夜的风雨给今日的早晨戴上了金色的和平。

294

真理仿佛带了它的结论而来，而那结论却产生了它的第二个。

> **主题思想**
>
> 对于真理是否可知，这始终是一个悬而未决的哲学命题，没有人能够证明今天我们所知的"真理"、所下的"结论"是否绝对正确，当我们下"结论"的时候，我们的结论往往会产生歧义，结果也可能会背离真理。

295

他是有福的,因为他的名望并没有比他的真实更光亮。

296

您的名字的甜蜜充溢着我的心,而我忘掉了我自己的——就像您的早晨的太阳升起时,那大雾便消失了。

297

静悄悄的黑夜具有母亲的美丽,而吵闹的白天具有孩子的美。

298

当人微笑时,世界爱了他。当他大笑时,世界便怕他了。

299

神等待着人在智慧中重新获得童年。

300

让我感到这个世界乃是您的爱的成形吧,那么,我的爱也将帮助着它。

301

您的阳光对着我的心头的冬天微笑着,从来不怀疑它的春天的花朵。

302

神在他的爱里吻着"有涯",而人却吻着"无涯"。

炼字

"吻"字不是第一次出现在诗人的这本诗集中了,但每一次出现都是抽象的"爱"的象征。人爱"无涯",因为人类天然具备对世界的好奇之心,而诗人认为"神"则爱着"有涯"即有限的、具体的人以及其他生灵。

303

您越过不毛之地的沙漠而到达了圆满的时刻。

304

神的静默使人的思想成熟而为语言。

305

"永恒的旅客"呀,你可以在我的歌中找到你的足迹。

306

让我不致羞辱您吧,父亲,您在您的孩子们身上显现出您的光荣。

307

这一天是不快活的。光在蹙额[1]的云下,如一个被打的儿童,灰白的脸上留着泪痕;风又叫号着似一个受伤的世界的哭声。但是我知道我正跋涉着去会我的朋友。

308

今天晚上棕榈叶在嚓嚓地作响,海上有大浪,满月呵,就像世界在心脉悸跳。从什么不可知的天空,您在您的沉默里带来了爱的痛苦的秘密?

309

我梦见一颗星,一个光明岛屿,我将在那里出生,在它快速的闲暇深处,我的生命将成熟它的事业,像秋天阳光下的稻田。

310

雨中的湿土的气息,就像从渺小的无声的群众那里来

---

[1] 蹙(cù)额:皱眉头。

艺术手法

诗人非常擅长运用比喻的手法来将抽象的心情形象化。这首诗里第一个比喻是视觉角度的,第二个比喻是听觉角度的,同是比喻却从不同的感官角度描绘出了自己的"不快活"情绪。

艺术特色

这首小诗每句长短不一,呈现出散文化的语言风格,仿佛是一段融情于景的环境描写一样,有视觉描写,也有听觉描写,还有心理描写,让我们仿佛身临其境又让我们不住地好奇,且不禁陷入沉思。

的一阵巨大的赞美歌声。

艺术手法

这里使用了通感的手法，用歌声来写气息，把听觉和嗅觉联通了起来，非常新奇美妙。朱自清在《荷塘月色》中也有类似的写法，如"（风中荷叶的）清香，仿佛远处高楼上渺茫的歌声似的"。

主题思想

真正的死亡不是身体的死亡，那些真正伟大的人，因其灵魂的高尚，必将不朽。

311

说爱情会失去的那句话，乃是我们不能够当作真理来接受的一个事实。

312

我们将有一天会明白，死永远不能够夺去我们的灵魂所获得的东西，因为她所获得的，和她自己是一体。

313

神在我的黄昏的微光中，带着花到我这里来，这些花都是我过去之时的，在他的花篮中，还保存得很新鲜。

314

主呀，当我的生之琴弦都已调得谐和时，你的手的一弹一奏，都可以发出爱的乐声来。

315

让我真真实实地活着吧，我的上帝，这样，死对于我也就成了真实的了。

316

人类的历史很忍耐地在等待着被侮辱者的胜利。

317

我这一刻感到你的眼光正落在我的心上,像那早晨阳光中的沉默落在已收获的孤寂的田野上一样。

318

在这喧哗的波涛起伏的海中,我渴望着咏歌之岛。

319

夜的序曲是开始于夕阳西下的音乐,开始于它对难以形容的黑暗所作的庄严的赞歌。

320

我攀登上高峰,发现在名誉的荒芜不毛的高处,简直找不到一个遮身之地。我的引导者呵,领导着我在光明逝去之前,进到沉静的山谷里去吧,在那里,一生的收获将会成熟为黄金的智慧。

主题思想

泰戈尔的诗中有一种大爱,这种大爱不仅仅是对弱者的悲悯,更有一种人道主义的信仰——被压迫者一定会改变被侮辱的命运,创造属于自己的历史。

艺术手法

"你的眼光""沉默"本是抽象的,但一个"落"字化抽象为具象,将"我"的心理状态描绘得似乎可触可摸。

321

在这个黄昏的朦胧里，好些东西看来都仿佛是幻象一般——尖塔的底层在黑暗里消失了，树顶像是墨水的模糊的斑点似的。我将等待着黎明，而当我醒来的时候，就会看到在光明里的您的城市。

主题思想

尽管泰戈尔的诗集中多次写到"死亡"，但我们从中没有看到恐惧，反而看到的是诗人的快乐满足。按照罗曼·罗兰的观点"生活中只有一种英雄主义，那就是认清生活的真相之后，依然热爱生活"，诗人绝对算得上是一个英雄主义者。

322

我曾经受过苦，曾经失望过，曾经体会过"死亡"，于是我以我在这伟大的世界里为乐。

323

在我的一生里，也有贫乏和沉默的地域。它们是我忙碌的日子得到日光与空气的几片空旷之地。

主题思想

泰戈尔的这本诗集变的是他眼里、心中的自然万物，不变的是他对这个世界始终如一的"爱"，所以有人说泰戈尔的诗中有一种"爱的哲学"。

324

我的未完成的过去，从后边缠绕到我身上，使我难于死去，请从它那里释放了我吧。

325

"我相信你的爱。"让这句话做我的最后的话。

新月集

译者自序

我对于泰戈尔的诗最初发生浓厚的兴趣，是在第一次读《新月集》的时候。那时离现在将近五年；许地山君坐在我家的客厅里，长发垂到两肩，很神秘地在黄昏的微光中对我谈到泰戈尔的事。他说，他在缅甸时，看到泰戈尔的画像，又听人讲到他，便买了他的诗集来读。过了几天，我到许地山君的宿舍里去。他说："我拿一本泰戈尔的诗选送给你。"他便到书架上去找那本诗集。我立在窗前，四周静悄悄的，只有水池中喷泉的潺潺的声音。我很寂静地在等候读那美丽的书。他不久便从书架上取下很小的一本绿纸面的书来。他说："这是一个日本人选的泰戈尔诗，你先拿去看看。泰戈尔不多几时前曾到日本。"我坐了车回家，在归途中，借着新月与市灯的微光，约略地把它翻看了一遍。最使我喜欢的是它当中所选的几首《新月集》的诗。那一夜，在灯下又看了一次。第二天，地山见我时，问道："你最喜欢哪几首？"我说："《新月集》的几首。"他隔了几天，又拿了一本很美丽的书给我，他说："这就是《新月集》。"从那时以后，《新月集》便常在我的书桌上；直到现在，我还时时把它翻开来读。

我译《新月集》，也是受地山君的鼓励。有一天，他把他所译的《吉檀迦利》的几首诗给我看，那是用古文译的。我说："译得很好，但似乎太古奥了。"他说："这一类的诗，应该用古奥的文体译。至于《新月集》，却又须用新妍流畅的文字译。我想译《吉檀迦利》，你为何不译《新月集》呢？"于是我与他约，我们同时动手译这两部书。此后二年中，他的《吉檀迦利》固未译成，我的《新月集》也时译时辍。直至《小说月报》改革后，我才把自己所译的《新月集》在它上面发表了几首。地山译的《吉檀迦利》却始终没有再译下去，已译的几首，也始终不肯拿出来发表。许多朋友却时时地催我把这个工作做完，那时我正有选译泰戈尔诗的计划，便一方面把旧译的稿整理一下，一方面又新译了八九首出来；结果便成了现在的这个译本。

  我喜欢《新月集》，如我之喜欢安徒生的童话。安徒生的文字美丽而富有诗趣，他有一种不可测的魔力，能把我们带到美丽和平的花的世界，虫的世界，人鱼的世界里去；能使我们随了他走进有静的方池的绿水，有美的挂在黄昏的天空的雨后弧虹等等的天国里去。《新月集》也具有这种不可测的魔力。它把我们从怀疑、贪婪的罪恶的世界，带到秀嫩天真的儿童的新月之国里去。它能使我们重回到坐在泥土里以枯枝断梗为戏的时代；它能使我们在心里重温着在海滨以贝壳为餐具，以落叶为舟，以绿草的露点为圆珠的儿童的梦。总之，我们只要一翻开它来，便立刻如得到两只有魔术的翼翅，可以使自己飞翔到美静天真的儿童国里去。而这个儿童的天国便是作者的一个理想国。

  我应该向许地山君表示谢意。他除了鼓励我以外，在这个译本写好时，还曾为我校读了一次。

郑振铎

1923 年 8 月 22 日

再版自序

  《新月集》译本出版后，曾承几位朋友批评，这是我要对他们表白十二分的谢意的。现在乘再版的机会，把第一版中所有错误，就所能觉察到的，改正一下。读者诸君及朋友们如果更有所发现，希望他们能够告诉我，俾得于第三版时再校正。

郑振铎

1924 年 3 月 20 日

泰戈尔诗选

家庭

我独自在横跨过田地的路上走着。夕阳像一个守财奴似的，正藏起它的最后的金子。

白昼更加深沉地投入黑暗之中，那已经收割了的孤寂的田地，默默地躺在那里。

天空里突然升起了一个男孩子的尖锐的歌声，他穿过看不见的黑暗，留下他的歌声的辙痕跨过黄昏的静谧。

他的乡村的家坐落在荒凉的土地的边上，在甘蔗田的后面，躲藏在香蕉树、瘦长的槟榔树、椰子树和深绿色的贾克果树的阴影里。

我在星光下独自走着的路上停留了一会，我看见黑沉沉的大地展开在我的面前，用她的手臂拥抱着无数的家庭，在那些家庭里有着摇篮和床铺，母亲们的心和夜晚的灯，还有年轻轻的生命。他们满心欢乐，却浑然不知这样的欢乐对于世界的价值。

海边

孩子们汇集在这无边无际的世界的海边。

无限的天穹静止地临于头上，不息的海水在足下汹涌着。孩子们汇集在这无边无际的世界的海边，叫着跳着。

他们拿沙来建筑房屋，拿空贝壳来做游戏。他们把落

主题思想

诗虽名为《家庭》，但关于家庭的内容直到文末才出现，前面大部分都在描写日落后无边的黑暗、孤寂、静谧与荒凉，这似乎正映照了诗人的内心。创作这本诗集时，诗人正经历妻子病故与女儿夭折的痛苦。也许正是这样的刻骨铭心之痛，才让他更加渴望家庭的欢乐，更加珍惜由母亲、孩子与昏黄的灯光组成的家庭的温馨欢乐的莫大价值。

艺术手法

这里的"海"既是自然的海，也是象征的"海"——世界。在"海"这个确定的场域中，孩子们和采珠人、商人形成了鲜明的对比，后者为利益而奔忙，孩子却全然"不知道"何谓利益。在对比中我

79

们看到孩子无忧无虑、天真无邪的纯粹的内心世界。

主题思想

诗人生动形象地描摹了三个场景，正是由于孩子对睡眠、睡时的笑意、孩子身上的甜蜜柔嫩这些我们熟视无睹的事物的好奇，才让诗人看到了一个充满童话色彩的想象世界，或是一个仙村，或是一抹清光照耀的秋云，或是一个少女的温柔而沉静的心里。总之，那是一个神奇浪漫的理想世界。

艺术手法

在我们的《诗经》中有"回环复沓"的手法，指的是形式相同的句子，只更换少数的字词，反复地呈现，可以加强诗歌的节奏感，逐层加深诗人的情感，有

叶编成了船，笑嘻嘻地把它们放到大海上。孩子们在这世界的海边，做他们的游戏。

他们不知道怎样泅[1]水，他们不知道怎样撒网。采珠的人为了珠潜水，商人在他们的船上航行，孩子们却只把小圆石聚了又散。他们不搜求宝藏，他们不知道怎样撒网。

大海带着笑涌起波浪，而海滩的微笑荡漾着淡淡的光芒。致人死命的波涛，对着孩子们唱无意义的歌曲，就像一个母亲在摇动她孩子的摇篮时一样。大海和孩子们一同游戏，而海滩的微笑荡漾着淡淡的光芒。

孩子们会集在无边无际的世界的海边。狂风暴雨飘游在无辙迹的天空上，航船沉碎在无辙迹的海水里，死正在外面活动，孩子们却在游戏。在这无边无际的世界的海边，孩子们大汇集着。

来源

流泛在孩子两眼的睡眠，——有谁知道它是从什么地方来的？是的，有个谣传，说它是住在萤火虫朦胧地照着的林荫里的仙村里，在那个地方，挂着两个迷人的羞怯的蓓蕾。它便是从那个地方来吻着孩子的两眼的。

---

[1] 泅（qiú）：浮水。

当孩子睡时，在他唇上浮动着的微笑——有谁知道它是从什么地方生出来的？是的，有个谣传，说新月的一线年轻的清光，触着将消未消的秋云边上，于是微笑便初生在一个浴在清露里的早晨的梦中了。——当孩子睡时，微笑便在他的唇上浮动着。

甜蜜柔嫩的新鲜生气，像花一般地在孩子的四肢上开放着——有谁知道它在什么地方藏得这样久？是的，当母亲是一个少女的时候，他已在爱的温柔而沉静的神秘中，潜伏在她的心里了。——甜蜜柔嫩的新鲜生气，像花一般在孩子的四肢上开放着。

一种循环往复之美。这首诗里这样的句子一共出现了五次，将诗歌分成了五个层次，同时突出了孩子的聪明、富有、自由、快乐的美好形象，强烈地表达了诗人对孩子的赞美与爱！

孩童之道

只要孩童愿意，他此刻便可飞上天去。
他所以不离开我们，并不是没有缘故。
他爱把他的头倚在妈妈的胸间，他即使是一刻不见她，也是不行的。

孩童知道各式各样的聪明话，虽然世间的人很少懂得这些话的意义。
他所以永不想说，并不是没有缘故。
他所要做的一件事，就是要学习从妈妈的嘴唇里说出来的话。那就是他所以看来这样天真的缘故。

孩童有成堆的黄金与珠子，但他到这个世界上来，却

主题思想

富有、自由、快乐是多么珍贵的东西，但孩子却为了一定的"缘故"放弃了这些，这个"缘故"就是孩子对妈妈的爱。

像一个乞丐。

他所以这样假装了来，并不是没有缘故。

这个可爱的小小的裸着身体的乞丐，所以假装着完全无助的样子，便是想要乞求妈妈的爱的财富。

孩童在纤小的新月的世界里，是一切束缚都没有的。

他所以放弃了他的自由，并不是没有缘故。

他知道有无穷的快乐藏在妈妈的心的小小一隅里，被妈妈亲爱的手臂所拥抱，其甜美远胜过自由。

孩童永不知道如何哭泣。他所住的是完全的乐土。

他所以要流泪，并不是没有缘故。

虽然他用了可爱的脸儿上的微笑，引逗得他妈妈的热切的心向着他，然而他的因为细故而发的小小的哭声，却编成了怜与爱的双重约束的带子。

不被注意的花饰

啊，谁给那件小外衫染上颜色的，我的孩子？谁使你的温软的肢体穿上那件红的小外衫的？

你在早晨就跑出来到天井里玩儿，你，跑着就像摇摇欲跌似的。

但是谁给那件小外衫染上颜色的，我的孩子？

什么叫你大笑起来的，我的小小的命芽儿？

主题思想

这里的"花饰"并非饰品，表面上指的是孩子红色的小外衫与叮当的踝铃，实际上指的是孩子快乐的嬉戏、大笑、搂着妈妈的脖颈、安睡在妈妈的臂弯的快乐幸福情景。这些日常生活中的情景往往被我们大人忽视，而诗人却通过母亲亲昵的发问，为我们生动地描摹出来，诗中的孩子就像天使一样提醒我们注意幸福的存在。

妈妈站在门边，微笑地望着你。

她拍着双手，她的手镯[1]叮当地响着；你手里拿着你的竹竿儿在跳舞，活像一个小小的牧童儿。

但是什么事叫你大笑起来的，我的小小的命芽儿？

喔，乞丐，你双手攀住妈妈的头颈，要乞讨些什么？

喔，贪得无厌的心，要我把整个世界从天上摘下来，像摘一个果子似的，把它放在你的一双小小的玫瑰色的手掌上么？

喔，乞丐，你要乞讨些什么？

风高兴地带走了你踝[2]铃的叮当。

太阳微笑着，望着你的打扮。

当你睡在你妈妈的臂弯里时，天空在上面望着你，而早晨蹑手蹑脚地走到你的床跟前，吻着你的双眼。

风高兴地带走了你踝铃的叮当。

仙乡里的梦婆飞过朦胧的天空，向你飞来。

在你妈妈的心头上，那世界母亲，正和你坐在一块。

他，向星星奏乐的人，正拿着他的横笛，站在你的窗边。

仙乡里的梦婆飞过朦胧的天空，向你飞来。

---

[1] 手镯（zhuó）：戴在手腕上的环形装饰品。
[2] 踝（huái）：小腿和脚之间的左右两侧的突起部位。

偷睡眠者

谁从孩子的眼里把睡眠偷了去呢？我一定要知道。

妈妈把她的水罐挟在腰间，走到近村汲水去了。

这是正午的时候。孩子们游戏的时间已经过去了；池中的鸭子沉默无声。

牧童躺在榕树的荫下睡着了。

白鹤庄重而安静地立在檬果树边的泥泽里。

就在这个时候，偷睡眠者跑来从孩子的两眼里捉住睡眠，便飞去了。

当妈妈回来时，她看见孩子四肢着地地在屋里爬着。

谁从孩子的眼里把睡眠偷了去呢？我一定要知道。我一定要找到她，把她锁起来。

我一定要向那个黑洞里张望。在这个洞里，有一道小泉从圆的和有皱纹的石上滴下来。

我一定要到醉花[1]林中的沉寂的树影里搜寻。在这林中，鸽子在它们住的地方咕咕地叫着，仙女的脚环在繁星满天的静夜里叮当地响着。

我要在黄昏时，向静静的萧萧的竹林里窥望。在这林中，萤火虫闪闪地耗费它们的光明，只要遇见一个人，我便要问他，"谁能告诉我偷睡眠者住在什么地方？"

---

[1] 醉花：印度传说美女口中吐出香液，此花始开。

艺术特色

睡眠本是正常的生理表现，孩子精力旺盛不爱睡觉是这个年龄段常见的，诗人却突发奇想，说是有人偷走了孩子的睡眠，还要去寻找这个人，并将这个人教训一番，语气幽默诙谐，立意巧妙。

艺术手法

这段文字中诗人使用了白描手法，描写了池塘边、绿荫下与檬果树边安睡的鸭子、牧童与庄重而安静的白鹤，为我们展现出一派静谧和谐的田园风光。在这风光背后，我们仿佛能够看到诗人安静的灵魂，有一种陶渊明所说的"此中有真意，欲辨已忘言"的意境。

谁从孩子的眼里把睡眠偷了去呢？我一定要知道。

只要我能捉住她，怕不会给她一顿好教训！

我要闯入她的巢穴，看她把所有偷来的睡眠藏在什么地方。

我要把它都夺来，带回家去。

我要把她的双翼缚得紧紧的，把她放在河边，然后叫她拿一根芦苇在灯芯草和睡莲间钓鱼为戏。

当黄昏，街上已经收了市，村里的孩子们都坐在妈妈的膝上时，夜鸟便会讥笑地在她耳边说：

"你现在还想偷谁的睡眠呢？"

开始

"我是从哪儿来的？你，在哪儿把我捡起来的？"孩子问他的妈妈说。

她把孩子紧紧地搂在胸前，半哭半笑地答道——

"你曾被我当作心愿藏在我的心里，我的宝贝。

"你曾存在于我孩童时代玩的泥娃娃身上；每天早晨我用泥土塑造我的神像，那时我反复地塑了又捏碎了的就是你。

"你曾和我们的家庭守护神一同受到祀奉，我崇拜家神时也就崇拜了你。

"你曾活在我所有的希望和爱情里，活在我的生命里，我母亲的生命里。

"在主宰着我们家庭的不死的精灵的膝上，你已经被抚

艺术手法

诗人通过奇妙的想象，为我们描写了三个充满诗意的仙境，这仙境中，我们仿佛看到了"明月松间照，清泉石上流"，仿佛看到了"溪涨清风拂面，月落繁星满天"，仿佛看到了"相逢秋月满，更值夜萤飞"，甚至隐约看到了桃花源的影子，令人神往，令人着迷。

艺术手法

诗人用设问的手法引出孩子与母亲关于生命起源的对话，这就像小石子落入湖心激起无数涟漪一样，引发我们的深思。同时，一个动作描写和神态描写传神地展现出一个慈爱的母亲的形象，让我们不禁联想到自己的母亲，心生暖意。

85

艺术手法

诗人用铺排的方式写出诗人对孩子生命开始的思考，即孩子源自母亲的心愿、信仰、希望、爱情、青春与生命，孩子的生命是永恒的（"不死的"）、芬芳的（"花香似的"）、光明的（"曙光"），这简直就是诗人对孩子生命的礼赞。

艺术手法

文末，诗人再次用母亲"紧紧地搂"着孩子的动作描写，呼应开篇，把孩子的出生比作神奇的"魔术"，表现出母亲对孩子视若珍宝的爱。

主题思想

在孩子的世界中，万物是有灵的，也是有性格和语言的，孩子的世界也因此而变得无边无际，自由自在，远甚于我们大人的世界。

育了好多年代了。

"当我做女孩子的时候，我的心的花瓣儿张开，你就像一股花香似的散发出来。

"你的软软的温柔，在我青春的肢体上开花了，像太阳出来之前的天空里的一片曙光。

"上天的第一宠儿，晨曦的孪生兄弟，你从世界的生命的溪流浮泛而下，终于停泊在我的心头。

"当我凝视你的脸蛋儿的时候，神秘之感湮没[1]了我；你这属于一切人的，竟成了我的。

"为了怕失掉你，我把你紧紧地搂在胸前。是什么魔术把这世界的宝贝引到我这双纤小的手臂里来呢？"

孩子的世界

我愿我能在我孩子自己的世界的中心，占一角清净地。

我知道有星星同他说话，天空也在他面前垂下，用它傻傻的云朵和彩虹来娱悦他。

那些大家以为他是哑的人，那些看上去像是永不会走动的人，都带了他们的故事，捧了满装着五颜六色的玩具的盘子，匍匐地来到他的窗前。

我愿我能在横过孩子心中的道路上游行，解脱了一切的束缚；

在那儿，使者奉了无所谓的使命奔走于无史的诸王的

---

[1] 湮（yān）没：埋没。

王国间；

在那儿，理智以她的法律造为纸鸢[1]而飞放，真理也使事实从桎梏[2]中自由了。

时候与原因

当我给你五颜六色的玩具的时候，我的孩子，我明白了为什么云上水上是这样的色彩缤纷，为什么花朵上染上绚烂的颜色的原因了——当我给你五颜六色的玩具的时候，我的孩子。

当我唱着使你跳舞的时候，我真的知道了为什么树叶儿响着音乐，为什么波浪把它们合唱的声音送进静听着的大地的心头的原因了——当我唱着使你跳舞的时候。

当我把糖果送到你贪得无厌的双手上的时候，我知道了为什么在花萼里会有蜜，为什么水果里会秘密地充溢了甜汁的原因了——当我把糖果送到你贪得无厌的双手上的时候。

当我吻着你的脸蛋儿叫你微笑的时候，我的宝贝，我的确明白了在晨光里从天上流下来的是什么样的快乐，而夏天的微飔吹拂在我身体上的又是什么样的爽快——当我吻着你的脸蛋儿叫你微笑的时候。

主题思想

诗人将孩子对玩具和糖果的喜好、配乐舞蹈、微笑，与自然的颜色、天籁、花蜜以及晨光巧妙地联系在一起，非常新奇生动，这正流露出泰戈尔对孩子深深的爱。

---

[1] 纸鸢（yuān）：风筝。
[2] 桎梏（zhì gù）：脚镣和手铐，常比喻束缚人或事物的东西。

主题思想

我们常常秉持着"不打不成器"的理念来教育孩子，实际上，爱因斯坦所说"只有爱才是最好的教师，它远远超过责任感"，苏霍姆林斯基"没有爱，就没有教育"，更道出教育的本质。当我们责备孩子的时候，切忌忘了"爱"。

责备

为什么你眼里有了眼泪，我的孩子？

他们真是可怕，常常无谓地责备你！

你写字时墨水玷污[1]了你的手和脸——这就是他们所以骂你龌龊[2]的缘故么？

呵，呸！他们也敢因为圆圆的月儿用墨水涂了脸，便骂它龌龊么？

他们总要为了每一件小事去责备你，我的孩子。他们总是无谓地寻人错处。

你游戏时扯破了你的衣服——这就是他们说你不整洁的缘故么？

呵，呸！秋之晨从它的破碎的云衣中露出微笑，那么，他们要叫它什么呢？

他们对你说什么话，尽管可以不去理睬他，我的孩子。他们把你做错的事长长地记了一笔账。

谁都知道你是十分喜欢糖果的——这就是他们所以称你作贪婪的缘故么？

呵，呸！我们是喜欢你的，那么，他们要叫我们干什么呢？

---

[1] 玷（diàn）污：弄脏；使有污点。
[2] 龌龊（wò chuò）：此处指不干净、脏。

审判官

你想说他什么尽管说罢,但是我知道我孩子的短处。

我爱他并不因为他好,只是因为他是我的小小的孩子。

你如果把他的好处与坏处两两相权[1]一下,恐怕你就会知道他是如何的可爱罢?

当我必须责罚他的时候,他更成为我生命的一部分了。

当我使他的眼泪流出时,我的心也和他同哭了。

只有我才有权去骂他,去责罚他,因为只有热爱人的人才可以惩戒人。

主题思想

诗人用直抒胸臆的方式明确地向"审判官",也向世人表明了自己对孩子的态度:爱是没有前提条件的,没有利弊权衡的,只有出于"爱"的"惩戒"才是正义的。

玩具

孩子,你真是快活呀!一早晨坐在泥土里,耍着折下来的小树枝儿。

我微笑着看你在那里耍弄那根折下来的小树枝儿。

我正忙着算账,一小时一小时在那里加叠数字。

也许你在看我,心想:"这种好没趣的游戏,竟把你一早晨的好时间浪费掉了!"

孩子,我忘了聚精会神玩耍树枝与泥饼的方法了。

我寻求贵重的玩具,收集金块与银块。

你呢,无论找到什么便去做你的快乐的游戏,我呢,却把我的时间与力气都浪费在那些我永不能得到的东西上。

---

[1] 权:衡量。

初中语文延展阅读丛书

主题思想

这首诗用孩子无忧无虑的游戏与自己计算金钱对比，揭示了自己在"欲望之海"中挣扎的痛苦，表达了对孩子天真无邪性灵的赞美。这也让我们联想到《小王子》中小王子和商人对话的情节，唤醒我们淡泊名利，回归快乐与幸福本真，同时也提醒我们，不要因为追名逐利而迷失自我。

艺术手法

整篇诗文采用对话形式，通过"我"和哥哥对捉月亮的分歧展现出截然不同的两种世界观。哥哥所谓的"傻"，是基于现实主义的；"我"所谓的"傻"是基于理想主义的。前者是理性的、世俗的；后者是感性的、浪漫的。前者看到的是真，后者看到的是美。

我在我的脆薄的独木船里挣扎着要航过欲望之海，竟忘了我也是在那里做游戏了。

天文家

我不过说："当傍晚圆圆的满月挂在迦昙波[1]的枝头时，有人能去捉住它么？"

哥哥却对我笑道："孩子呀，你真是我所见到的顶顶傻的孩子。月亮离我们这样远，谁能去捉住它呢？"

我说："哥哥，你真傻！当妈妈向窗外探望，微笑着往下看我们游戏时，你也能说她远么？"

哥哥还是说："你这个傻孩子！但是，孩子，你到哪里去找一个大得能逮住月亮的网呢？"

我说："你自然可以用双手去捉住它呀。"

但哥哥还是笑着说："你真是我所见到的顶顶傻的孩子！如果月亮走近了，你便知道它是多么大了。"

我说："哥哥，你们学校里所教的，真是没有用呀！当妈妈低下脸儿跟我们亲嘴时，她的脸看来也是很大的么？"

但是哥哥还是说："你真是一个傻孩子。"

云与波

妈妈，住在云端的人对我唤道——
"我们从醒的时候游戏到白日终止。

[1] 迦昙（tán）波：意译"白花"，即昙花。

"我们与黄金色的曙光游戏,我们与银白色的月亮游戏。"

我问道:"但是,我怎么能够上你那里去呢?"

他们答道:"你到地球的边上来,举手向天,就可以被接到云端里来了。"

"我妈妈在家里等我呢,"我说,"我怎么能离开她而来呢?"

于是他们微笑着浮游而去。

但是我知道一个比这个更好的游戏,妈妈。

我做云,你做月亮。

我用两只手遮盖你,我们的屋顶就是青碧的天空。

住在波浪上的人对我唤道——

"我们从早晨唱歌到晚上;我们前进又前进地旅行,也不知我们所经过的是什么地方。"

我问道:"但是,我怎么才能加入你们的队伍呢?"

他们告诉我说:"来到岸旁,站在那里,紧闭你的两眼,你就被带到波浪上来了。"

我说:"傍晚的时候,我妈妈常要我在家里——我怎么能离开她而去呢?"

于是他们微笑着,跳着舞奔流过去。

但是我知道一个比这个更好的游戏。

我是波浪,你是陌生的岸。

我奔流而进,进,进,笑哈哈地撞碎在你的膝上。

世界上就没有一个人会知道我们俩在什么地方。

艺术特色

在泰戈尔的诗中,我们多次看到这样的孩子,他们眼中的世界深情而奇妙,比如有"云端的人""波浪上的人"唤他们游戏。但更神奇的是,在自然的云与波、母亲二者之间,孩子会把母亲想象成月亮和岸,把自己想象成云和波,仿佛人与自然是和谐共生的,融为一体的,没有界限的。这样丰富且神奇的想象,让我们看到孩子纯真烂漫的澄澈心灵。

金色花

假如我变成了一朵金色花[1]，只是为了好玩，长在那棵树的高枝上，笑哈哈地在空中摇摆，又在新生的树叶上跳舞，妈妈，你会认识我么？

你要是叫道："孩子，你在哪里呀？"我暗暗地在那里匿[2]笑，却一声儿不响。

我要悄悄地开放花瓣儿，看着你工作。

当你沐浴后，湿发披在两肩，穿过金色花的林荫，走到做祷告的小庭院时，你会嗅到这花的香气，却不知道这香气是从我身上来的。

当你吃过午饭，坐在窗前读《罗摩衍那》[3]，那棵树的阴影落在你的头发与膝上时，我便要将我小小的影子投在你的书页上，正投在你所读的地方。

但是你会猜得出这就是你的小孩子的小影子么？

当你黄昏时拿了灯到牛棚里去，我便要突然地再落到地上来，又成了你的孩子，求你讲个故事给我听。

"你到哪里去了，你这坏孩子？"

"我不告诉你，妈妈。"这就是你同我那时所要说的话了。

艺术形象

诗中运用"笑哈哈地""暗暗地""悄悄地""突然地"等几个副词生动形象地刻画出"我"的调皮与活泼，孩子的童真烂漫心理被很巧妙地描摹出来，让我们不禁会心一笑。

艺术形象

诗人并未详细描摹母亲的形象，但母亲长发披肩的剪影在花香四溢的林荫映衬下显得无比美好。而"沐浴""祷告"与阅读三个行为更是勾勒出一个沉静、虔诚的静美形象，与孩子的活泼可爱形象形成互补，营造出幸福甜蜜的美好氛围。

---

[1] 金色花：印度圣树，木兰花属植物，开金黄色碎花。译名亦作"瞻波伽"或"占波"。

[2] 匿（nì）：隐藏；不让人知道。

[3]《罗摩衍（yǎn）那》：印度的一部叙事诗，相传系蚁垤所作。全诗二万四千颂，分为七卷，皆系叙述罗摩生平之作。

仙人世界

如果人们知道了我的国王的宫殿在哪里，它就会消失在空气中的。

墙壁是白色的银，屋顶是耀眼的黄金。

皇后住在有七个庭院的宫苑里；她戴的一串珠宝，值得整整七个王国的全部财富。

不过，让我悄悄地告诉你，妈妈，我的国王的宫殿究竟在哪里。

它就在我们阳台的角上，在那栽着杜尔茜[1]花的花盆放着的地方。

公主躺在远远的隔着七个不可逾越的重洋的那一岸沉睡着。

除了我自己，世界上便没有人能够找到她。

她臂上有镯子，她耳上挂着珍珠，她的头发拖到地板上。

当我用我的魔杖点触她的时候，她就会醒过来，而当她微笑时，珠玉将会从她唇边落下来。

不过，让我在你的耳朵边悄悄地告诉你，妈妈；她就住在我们阳台的角上，在那栽着杜尔茜花的花盆放着的地方。

当你要到河里洗澡的时候，你走上屋顶的那座阳台来罢。

我就坐在墙的阴影所聚会的一个角落里。

---

[1] 杜尔茜：音译，在印地语中是"无与伦比"的意思。

主题思想

在这首诗中，诗人刻画了一个对母亲亲昵耳语，充满想象力的孩子的形象。这个孩子在小小的花盆边想象出一个金碧辉煌的"仙人世界"，可以说孩子的眼睛由有限抵达了无限。诗人在另一首诗里写道："来吧，我的孩子；坐在'无限'的怀中"，说的大概就是这个意思。

我只让小猫儿跟我在一起，因为它知道那故事里的理发匠住的地方。

不过，让我在你的耳朵边悄悄地告诉你，那故事里的理发匠到底住在哪里。

他住的地方，就在阳台的角上，在那栽着杜尔茜花的花盆放着的地方。

流放的地方

妈妈，天空上的光成了灰色了；我不知道是什么时候了。

我玩得怪没劲儿的，所以到你这里来了。这是星期六，是我们的休息日。

放下你的活计，妈妈；坐在靠窗的一边，告诉我童话里的特潘塔沙漠在什么地方？

雨的影子遮掩了整个白天。

凶猛的电光用它的爪子抓着天空。

当乌云在轰轰地响着，天打着雷的时候，我总爱心里带着恐惧爬伏到你的身上。

当大雨倾泻在竹叶子上好几个钟头，而我们的窗户为狂风震得咯咯发响的时候，我就爱独自和你坐在屋里，妈妈，听你讲童话里的特潘塔沙漠的故事。

它在哪里，妈妈？在哪一个海洋的岸上？在哪些个山峰的脚下？在哪一个国王的国土里？

　　田地上没有此疆彼壤的界石，也没有村人在黄昏时走回家的，或妇人在树林里捡拾枯枝而捆载到市场上去的道路。沙地上只有一小块一小块的黄色草地，只有一株树，就是那一对聪明的老鸟儿在那里做窝的，那个地方就是特潘塔沙漠。

　　我能够想象得到，就在这样一个乌云密布的日子，国王的年轻的儿子，怎样独自骑着一匹灰色马，走过这个沙漠，去寻找那被囚禁在不可知的重洋之外的巨人宫里的公主。

　　当雨雾在遥远的天空下降，电光像一阵突然发作的痛楚的痉挛似的闪射的时候，他可记得他的不幸的母亲，为国王所弃，正在打扫牛棚，眼里流着眼泪，当他骑马走过童话里的特潘塔沙漠的时候？

　　看，妈妈，一天还没有完，天色就差不多黑了，那边村庄的路上没有什么旅客了。

　　牧童早就从牧场上回家了，人们都已从田地里回来，坐在他们草屋檐下的草席上，眼望着阴沉的云块。

　　妈妈，我把我所有的书本都放在书架上了——不要叫我现在做功课。

　　当我长大了，大得像爸爸一样的时候，我将会学到必须学到的东西的。

　　但是，今天你可得告诉我，妈妈，童话里的特潘塔沙漠在什么地方？

艺术特色

　　诗人通过散文化的描写与丰富的想象，刻画出一个害怕打雷、缠着妈妈讲故事的孩子的形象，可以说真实地写出了几乎所有孩子的心理特征，足以引起我们的共鸣。创作这本诗集时，诗人已经人到中年，可是我们却分明感受到一颗孩童般的心。

雨天

艺术手法

开篇即以"聚拢"和"黝黑"两个词语描写了雨来前乌云的动态和颜色,营造出一种"山雨欲来风满楼"的紧张感,为下文不让孩子出去做铺垫。

艺术手法

诗的题目是《雨天》,诗中却全然没有描摹雨的形态,而是详细地描写了雨中的天、雨中的河、雨中的人,这样的衬托手法非常别致。唐代诗人李峤著名的《风》就是这样的写法。

乌云很快地聚拢在森林的黝黑的边缘上。

孩子,不要出去呀!

湖边的一行棕树,向冥[1]暗的天空撞着头;羽毛凌乱的乌鸦,静悄悄地栖在罗望子的枝上。河的东岸正被乌沉沉的冥色所侵袭。

我们的牛系在篱上,高声鸣叫。

孩子,在这里等着,等我先把牛牵进牛棚里去。

许多人都挤在池水泛溢的田间,捉那从泛溢的池中逃出来的鱼儿;雨水成了小河,流过狭弄,好像一个嬉笑的孩子从他妈妈那里跑开,故意要恼她一样。

听呀,有人在浅滩上喊船夫呢。

孩子,天色冥暗了,渡头的摆渡船已经停了。

天空好像是在滂沱的雨上快跑着;河里的水喧叫而且暴躁;妇人们早已拿着汲满了水的水罐,从恒河畔匆匆地回家了。

夜里用的灯,一定要预备好。

孩子,不要出去呀!

到市场去的大道已没有人走,到河边去的小路又很滑。风在竹林里咆哮着,挣扎着,好像一只落在网中的野兽。

---

[1] 冥(míng):昏暗。

纸船

我每天把纸船一个个放在急流的溪中。

我用大黑字写我的名字和我住的村名在纸船上。

我希望住在异地的人会得到这纸船,知道我是谁。

我把园中长的秀利花载在我的小船上,希望这些黎明开的花能在夜里被平平安安地带到岸上。

我投我的纸船到水里,仰望天空,看见小朵的云正张着满鼓着风的白帆。

我不知道天上有我的什么游伴把这些船放下来同我的船比赛!

夜来了,我的脸埋在手臂里,梦见我的纸船在子夜的星光下缓缓地浮泛前去。

睡仙坐在船里,带着满载着梦的篮子。

水手

船夫曼特胡的船只停泊在拉琪根琪码头。

这只船无用地装载着黄麻,无所事事地停泊在那里已经好久了。

只要他肯把他的船借给我,我就给它安装一百支桨,扬起五个或六个或七个布帆来。

我决不把它驾驶到愚蠢的市场上去。

我将航行遍仙人世界里的七个大海和十三条河道。

艺术手法

诗人用"纸船"作为意象,寄托了一个孩童对远方的好奇,对"梦"的追寻。其中第一个"梦"是"我"做的关于纸船在星辉斑斓下流泛的梦,第二个"梦"则是具化为物的"睡仙"给孩子准备的"梦",不论是哪一个"梦",都是孩童梦幻童年的写照。

主题思想

这首诗像寓言一样,为我们讲述了一个孩子将扬帆远航的故事。诗人将"愚蠢的市场"和拥有"七个大海和十三条河道"的"仙人世界"进行对比,透过孩子对"市场"的鄙视,委婉含蓄地表达了对名利的厌弃,对孩子奇幻想象力的赞美。

但是，妈妈，你不要躲在角落里为我哭泣。

我不会像罗摩犍陀罗[1]似的，到森林中去，一去十四年才回来。

我将成为故事中的王子，把我的船装满了我所喜欢的东西。

我将带我的朋友阿细和我做伴。我们要快快乐乐地航行于仙人世界里的七个大海和十三条河道。

我将在绝早的晨光里张帆航行。

中午，你正在池塘里洗澡的时候，我们将在一个陌生的国王的国土上了。

我们将经过特浦尼浅滩，把特潘塔沙漠抛落在我们的后边。

当我们回来的时候，天色快黑了，我将告诉你我们所见到的一切。

我将越过仙人世界里的七个大海和十三条河道。

对岸

我渴望到河的对岸去，

在那边，好些船只一行儿系在竹竿上；

人们在早晨乘船渡过那边去，肩上扛着犁头，去耕耘他们的远处的田；

---

[1] 罗摩犍陀罗：即罗摩，印度叙事诗《罗摩衍那》的主角。为了尊重父亲的诺言和维持弟兄间的友爱，他放弃了继承王位的权利，和妻子悉多在森林中被放逐了十四年。

在那边，牧人使他们鸣叫着的牛游泳到河旁的牧场去；

黄昏的时候，他们都回家了，只留下豺狼在这满长着野草的岛上哀叫。

妈妈，如果你不在意，我长大的时候，要做这渡船的船夫。

据说有好些古怪的池塘藏在这个高岸之后。

雨过去了，一群一群的野鹜[1]飞到那里去。茂盛的芦苇在岸边四围生长，水鸟在那里生蛋；

竹鸡带着跳舞的尾巴，将它们细小的足印印在洁净的软泥上；

黄昏的时候，长草顶着白花，邀月光在长草的波浪上浮游。

妈妈，如果你不在意，我长大的时候，要做这渡船的船夫。

我要自此岸至彼岸，渡过来，渡过去，所有村中正在那儿沐浴的男孩女孩，都要诧异地望着我。

太阳升到中天，早晨变为正午了，我将跑到你那里去，说道："妈妈，我饿了！"

一天完了，影子俯伏在树底下，我便要在黄昏中回家来。

我将永不像爸爸那样，离开你到城里去做事。

---

[1] 鹜（wù）：鸭子。

主题思想

每个人都有梦想，每个父母都希望孩子有高远的志向，比如"科学家""宇航员"，但"我"为了和妈妈在一起，为了那个神秘的"古怪池塘"与美丽的自然，甘心做一个船夫，这是怎样的赤子之心啊！

妈妈，如果你不在意，我长大的时候，要做这渡船的船夫。

花的学校

当雷云在天上轰响，六月的阵雨落下的时候，
湿润的东风走过荒野，在竹林中吹着口笛。
于是一群一群的花从无人知道的地方突然跑出来，在绿草上狂欢地跳着舞。

妈妈，我真的觉得那群花朵是在地下的学校里上学。
他们关了门做功课。如果他们想在散学以前出来游戏，他们的老师是要罚他们站壁角的。

雨一来，他们便放假了。
树枝在林中互相碰触着，绿叶在狂风里萧萧地响着，雷云拍着大手，花孩子们便在那时候穿了紫的、黄的、白的衣裳，冲了出来。

你可知道，妈妈，他们的家是在天上，在星星所住的地方。
你没有看见他们怎样地急着要到那儿去么？你不知道他们为什么那样急急忙忙么？
我自然能够猜得出他们是对谁扬起双臂来：他们也有他们的妈妈，就像我有我自己的妈妈一样。

艺术特色

对于自然景物的描写，诗人不讲究"逼真"，而重在"陌生化"。这首诗中，诗人通过想象，实现了"花"的"陌生化"，让我们看到一个非常新奇的世界，那就是"花孩子""放假"后，盛装舞蹈，着急"找妈妈"的奇幻世界。

商人

妈妈，让我们想象，你待在家里，我到异邦去旅行。

再想象，我的船已经装得满满的，在码头上等候启碇[1]了。

现在，妈妈，你想一想告诉我，回来时我要带些什么给你。

妈妈，你要一堆一堆的黄金么？
在金河的两岸，田野里全是金色的稻实。
在林荫的路上，金色花也一朵一朵地落在地上。
我要为你把它们全都收拾起来，放在好几百个篮子里。

妈妈，你要秋天的雨点一般大的珍珠么？
我要渡海到珍珠岛的岸上去。
那个地方，在清晨的曙光里，珠子在草地的野花上颤动，珠子落在绿草上，珠子被汹狂的海浪一大把一大把地撒在沙滩上。

我的哥哥呢，我要送他一对有翼的马，会在云端飞翔的。

爸爸呢，我要带一支有魔力的笔给他，他还没有觉得，笔就写出字来了。

你呢，妈妈，我要把那个值七个国王的王国的首饰箱和珠宝送给你。

主题思想

诗人巧妙地利用"金色"这一共同点，将贵重的黄金和美丽圣洁的金色花做对比，引发我们对"价值"的思考。其实，"清风明月本无价"，或价值连城，或一文不值，都取决于人心。

---

[1] 启碇（dìng）：起锚。

同情

> 如果我只是一只小狗，而不是你的小孩，亲爱的妈妈，当我想吃你盘里的东西时，你要向我说"不"么？
>
> 你要赶开我，对我说"滚开，你这淘气的小狗"么？
>
> 那么，走罢，妈妈，走罢！当你叫唤我的时候，我就永不到你那里去，也永不要你再喂我吃东西了。
>
> 如果我只是一只绿色的小鹦鹉，而不是你的小孩，亲爱的妈妈，你要把我紧紧地锁住，怕我飞走么？
>
> 你要对我摇你的手，说"怎样的一只不知感恩的贱鸟呀！整日整夜地尽在咬它的链子"么？
>
> 那么，走罢，妈妈，走罢！我要跑到树林里去；我就永不再让你抱我在你的臂里了。

主题思想

诗人用孩子的口吻做了两个假设，假设"我"是两种小动物，希望妈妈能像对待"我"一样对待它们。这展现出一种孩子对动物的同情，甚至悲悯。

职业

早晨，钟敲十下的时候，我沿着我们的小巷到学校去。

每天我都遇见那个小贩，他叫道："镯子呀，亮晶晶的镯子！"

他没有什么事情急着要做，他没有哪条街一定要走，他没有什么地方一定要去，他没有什么时间一定要回家。

我愿意我是一个小贩，在街上过日子，叫着："镯子呀，亮晶晶的镯子！"

主题思想

孩子心中是没有高贵卑微之分的，哪怕小贩、园丁与更夫，在孩子看来，他们也是自由的，是被羡慕的。孩子纯真澄澈的心灵自然展现。

泰戈尔诗选

下午四点钟，我从学校里回家。

从一家门口，我看见一个园丁在那里掘地。

他用他的锄子，要怎么掘，便怎么掘，他被尘土污了衣裳，如果他被太阳晒黑了或是身上被打湿了，都没有人骂他。

我愿意我是一个园丁，在花园里掘地，谁也不来阻止我。

天色刚黑，妈妈就送我上床。

从开着的窗口，我看得见更夫走来走去。

小巷又黑又冷清，路灯立在那里，像一个头上生着一只红眼睛的巨人。

更夫摇着他的提灯，跟他身边的影子一起走着，他一生一次都没有上床去过。

我愿意我是一个更夫，整夜在街上走，提了灯去追逐影子。

长者

妈妈，你的孩子真傻！她是那么可笑的不懂事！

她不知道路灯和星星的分别。

当我们玩着把小石子当食物的游戏时，她便以为它们真是吃的东西，竟想放进嘴里去。

当我翻开一本书，放在她面前，要她读 a，b，c 时，她却用手把书页撕了，无端快活地叫起来；你的孩子就是

主题思想

这首诗表面上以"长者"——哥哥的语气批评妹妹的无知和幼稚，实际上这个"她"却那么天真、快乐、可爱。"她"的世界是纯粹的，丝毫不容半点虚假的，"她"的世界也是诗性的，是"哥哥"包括我们许多自以为是的"长者"再也回不去的，那是我们永失的乐园。

103

这样做功课的。

当我生气地对她摇头,骂她,说她顽皮时,她却哈哈大笑,以为很有趣。

谁都知道爸爸不在家,但是,如果我在游戏时高叫一声"爸爸",她便要高兴地四面张望,以为爸爸真是近在身边。

当我把洗衣人带来载衣服回去的驴子当作学生,并且警告她说,我是老师,她却无缘无故地乱叫起我哥哥来。

你的孩子要捉月亮。她是这样的可笑;她把格尼许[1]唤作琪奴许。

妈妈,你的孩子真傻,她是那么可笑的不懂事!

小大人

我人很小,因为我是一个小孩子。到了我像爸爸一样年纪时,便要变大了。

我的先生要是走来说道:"时候晚了,把你的石板,你的书拿来。"

我便要告诉他道:"你不知道我已经同爸爸一样大了么?我决不再学什么功课了。"

我的老师便将惊异地说道:"他读书不读书可以随便,因为他是大人了。"

我将自己穿了衣裳,走到人群拥挤的市场里去。

---

[1] 格尼许:毁灭之神湿婆的儿子,象首人身,同时也是现代印度人所最喜欢用来做名字的第一个字。

主题思想

这里的"小大人"毫无"大人"的那种世俗心理,全然是一个孩子的口气,他不愿读书希望自由,他拒绝叔叔的"领"希望独立,他未经大人允许给保姆付钱,这无不体现出一个童真的孩子的心理。他越是强调自己长大了,越是让我们看到一个远远没有长大的孩子的形象。我们每个人在成长过程中,大概都遇到过这样一个可爱的"小大人"吧。

我的叔叔要是跑过来说道："你要迷路了，我的孩子；让我领着你罢。"

我便要回答道："你没有看见罢，叔叔，我已经同爸爸一样大了？我决定要独自一个人到市场里去。"

叔叔便将说道："是的，他随便到哪里去都可以，因为他是大人了。"

当我正拿钱给我保姆时，妈妈便要从浴室中出来，因为我是知道怎样用我的钥匙去开银箱的。

妈妈要是说道："你在做什么呀，顽皮的孩子？"

我便要告诉她道："妈妈，你不知道我已经同爸爸一样大了么？我必须拿钱给保姆。"

妈妈便将自言自语道："他可以随便把钱给他所喜欢的人，因为他是大人了。"

当十月里放假的时候，爸爸将要回家。他会以为我还是一个小孩子，为我从城里带来了小鞋子和小绸衫来。

我便要说道："爸爸，把这些东西给哥哥罢。因为我已经同你一样大了。"

爸爸便将想一想，说道："他可以随便去买他自己穿的衣裳，因为他是大人了。"

十二点钟

妈妈，我真想现在不做功课了。我整个早晨都在念书呢。

你说，现在还不过是十二点钟。假定不会晚过十二点罢；难道你不能把不过是十二点钟想象成下午么？

我能够容容易易地想象：现在太阳已经到了那片稻田的边缘上了，老态龙钟的渔婆正在池边采撷[1]香草作她的晚餐。

我闭上了眼就能够想到，马塔尔树下的阴影是更深黑了，池塘里的水看来黑得发亮。

假如十二点钟能够在黑夜里来到，为什么黑夜不能在十二点钟的时候来到呢？

著作家

你说爸爸写了许多书，但我却不懂得他所写的东西。

他整个黄昏读书给你听，但是你真懂得他的意思么？

妈妈，你给我们讲的故事，真是好听呀！我很奇怪，爸爸为什么不能写那样的书呢？

难道他从来没有从他自己的妈妈那里听见过巨人和神仙和公主的故事么？

还是已经完全忘记了？

他常常耽误了沐浴，你不得不走去叫他一百多次。

你总要等候着，把他的菜温着等他，但他忘了，还尽管写下去。

[1] 撷（xié）：摘下。

主题思想

与写满静态知识的书相比，孩子更愿意亲近自然这本灵动的大书，因为后者更加鲜活，更能激发孩子的好奇心和想象力。故而诗中的孩子产生了希望时间为自己而改变这样看似天方夜谭的想象。这样的心理多么无奈，又多么真实啊！

主题思想

这里诗人借孩子的发问提醒我们每一个成年人：不要忘了曾经是孩子时的纯真时光。

爸爸老是以著书为游戏。

如果我一走进爸爸房里去游戏，你就要走来叫道："真是一个顽皮的孩子！"

如果我稍微出一点声音，你就要说："你没有看见你爸爸正在工作么？"

老是写了又写，有什么趣味呢？

当我拿起爸爸的钢笔或铅笔，跟他一模一样地在他的书上写着，——a，b，c，d，e，f，g，h，i，——那时，你为什么跟我生气呢，妈妈？

爸爸写时，你却从来不说一句话。

当我爸爸耗费了那么一大堆纸时，妈妈，你似乎全不在乎。

但是，如果我只取了一张纸去做一只船，你却要说："孩子，你真讨厌！"

你对于爸爸拿黑点子涂满了纸的两面，污损了许多许多张纸，你心里以为怎样呢？

恶邮差

你为什么坐在那边地板上不言不动的，告诉我呀，亲爱的妈妈？

雨从开着的窗口打进来了，把你身上全打湿了，你却不管。

主题思想

孩子的眼睛是雪亮的，诗中的"我"很敏锐地发现了妈妈神色的异样。孩子的心是最爱妈妈的，为了安慰妈妈，他故意说"邮差"是私藏爸爸给妈妈信的坏人，不仅如此，他还要代替爸爸给妈妈写信。尽管孩子可能连字母都不会写几个，但他想尽一切办法让妈妈开心，简直就是妈妈的小天使。

你听见钟已打了四下么？正是哥哥从学校里回家的时候了。

到底发生了什么事，你的神色这样不对？

你今天没有接到爸爸的信么？

我看见邮差在他的袋里带了许多信来，几乎镇里的每个人都分送到了。

只有爸爸的信，他留起来给他自己看。我确信这个邮差是个坏人。

但是不要因此不乐呀，亲爱的妈妈。

明天是邻村市集的日子。你叫女仆去买些笔和纸来。

我自己会写爸爸所写的一切信；使你找不出一点错处来。

我要从 A 字一直写到 K 字。

但是，妈妈，你为什么笑呢？

你不相信我能写得像爸爸一样好！

但是我将用心画格子，把所有的字母都写得又大又美。

当我写好了时，你以为我也像爸爸那样傻，把它投入可怕的邮差的袋中么？

我立刻就自己送来给你，而且一个字母、一个字母地帮助你读。

我知道那邮差是不肯把真正的好信送给你的。

英雄

妈妈，让我们想象我们正在旅行，经过一个陌生而危险的国土。

你坐在一顶轿子里,我骑着一匹红马,在你旁边跑着。

是黄昏的时候,太阳已经下山了。约拉地希的荒地疲乏而灰暗地展开在我们面前。大地是凄凉而荒芜的。

你害怕了,想道——"我不知道我们到了什么地方了。"

我对你说道:"妈妈,不要害怕。"

草地上刺蓬蓬地长着针尖似的草,一条狭而崎岖的小道通过这块草地。

在这片广大的地面上看不见一只牛;它们已经回到它们村里的牛棚去了。

天色黑了下来,大地和天空都显得朦朦胧胧的,而我们不能说出我们正走向什么所在。

突然间,你叫我,悄悄地问我道:"靠近河岸的是什么火光呀?"

正在那个时候,一阵可怕的呐喊声爆发了,好些人影子向我们跑过来。

你蹲坐在你的轿子里,嘴里反复地祷念着神的名字。

轿夫们,怕得发抖,躲藏在荆棘丛中。

我向你喊道:"不要害怕,妈妈,有我在这里。"

他们手里执着长棒,头发披散着,越走越近了。

我喊道:"要当心!你们这些坏蛋!再向前走一步,你们就要送命了。"

他们又发出一阵可怕的呐喊声,向前冲过来。

主题思想

明明自己还是个嫩弱的孩子,但"我"却因为要保护妈妈而变得如此勇敢,面对手执武器的恶人,毫无惧色,奋勇作战,最后以英雄的形象回到妈妈身边。这种勇敢得有点不自量力的想象出自一个孩子的心理,显得异常天真可爱,而这种"英雄主义"也笼罩上了一层母子之间的温情。

你抓住我的手,说道:"好孩子,看在上天面上,躲开他们罢。"

我说道:"妈妈,你瞧我的。"

于是我刺策着我的马匹,猛奔过去,我的剑和盾彼此碰着作响。

这一场战斗是那么激烈,妈妈,如果你从轿子里看得见的话,你一定会发冷战的。

他们之中,许多人逃走了,还有好些人被砍杀了。

我知道你那时独自坐在那里,心里正在想着,你的孩子这时候一定已经死了。

但是我跑到你的跟前,浑身溅满了鲜血,说道:"妈妈,现在战争已经结束了。"

你从轿子里走出来,吻着我,把我搂在你的心头,你自言自语地说道:

"如果没有我的孩子护送我,我简直不知道怎么办才好。"

一千件无聊的事天天在发生,为什么这样一件事不能够偶然实现呢?

这很像一本书里的一个故事。

我的哥哥要说道:"这是可能的事么?我老是想,他是那么嫩弱呢!"

我们村里的人们都要惊讶地说道:"这孩子正和他妈妈在一起,这不是很幸运么?"

告别

是我走的时候了,妈妈;我走了。

当清寂的黎明,你在暗中伸出双臂,要抱你睡在床上的孩子时,我要说道:"孩子不在那里呀!"——妈妈,我走了。

我要变成一股清风抚摸着你;我要变成水中的涟漪,当你浴时,把你吻了又吻。

大风之夜,当雨点在树叶上淅沥时,你在床上,会听见我的微语,当电光从开着的窗口闪进你的屋里时,我的笑声也偕了他一同闪进了。

如果你醒着躺在床上,想你的孩子直到深夜,我便要从星空向你唱道:"睡呀!妈妈,睡呀。"

我要坐在各处游荡的月光上,偷偷地来到你的床上,乘你睡着时,躺在你的胸上。

我要变成一个梦儿,从你眼皮的微缝中,钻到你的睡眠的深处,当你醒来吃惊地四望时,我便如闪耀的萤火似的熠熠地向暗中飞去了。

当普耶节日[1],邻舍家的孩子们来屋里玩耍时,我便要融化在笛声里,整日价在你心头震荡。

亲爱的阿姨带了普耶礼[2]来,问道:"我们的孩子在哪里,姊姊?"妈妈,你将要柔声地告诉她:"他呀,他现在是在我的瞳仁里,他现在是在我的身体里,在我的灵魂里。"

---

[1] 普耶节日:普耶,意为"祭神大典",这里的"普耶节日"是指印度十月间的"难近母祭日"。

[2] 普耶礼:指普耶节中亲友相互馈送的礼物。

艺术手法

诗人通过充满清新诗意的想象,描写了一个孩子依依不舍告别母亲的情景。同时,把这种抽象的依恋之情具象化,成为拂面的清风、清澈的涟漪、淅沥的雨点与明亮的闪电,想象奇特。诗人真是非常擅长以新奇的意象表现血浓于水的骨肉亲情!

召唤

她走的时候，夜间黑漆漆的，他们都睡了。

现在，夜间也是黑漆漆的，我唤她道："回来，我的宝贝；世界都在沉睡；当星星互相凝视的时候，你来一会儿是没有人会知道的。"

她走的时候，树木正在萌芽，春光刚刚来到。

现在花已盛开，我唤道："回来，我的宝贝。孩子们漫不经心地在游戏，把花聚在一块，又把它们散开。你如走来，拿一朵小花去，没有人会发觉的。"

那些常常在游戏的人，仍然还在那里游戏，生命总是如此的浪费。

我静听他们的空谈，便唤道："回来，我的宝贝，妈妈的心里充满着爱，你如走来，仅仅从她那里接一个小小的吻，没有人会妒忌的。"

第一次的茉莉

呵，这些茉莉花，这些白的茉莉花！

我仿佛记得我第一次双手满捧着这些茉莉花，这些白的茉莉花的时候。

我喜爱那日光，那天空，那绿色的大地；

我听见那河水淙淙的流声，在漆黑的午夜里传过来；

艺术特色

诗人曾说过，"上帝派遣妇女来爱这个世界"，在她的心里妈妈这类妇女角色更是爱的化身。这首诗里妈妈深情地呼唤着自己的宝贝，体现的正是普天之下所有母亲对孩子的无私的爱。

秋天的夕阳，在荒原上大路转角处迎我，如新妇揭起她的面纱迎接她的爱人。

但我想起孩提时第一次捧在手里的白茉莉，心里充满着甜蜜的回忆。

我生平有过许多快活的日子。在节日宴会的晚上，我曾跟着说笑话的人大笑。

在灰暗的雨天的早晨．我吟哦过许多飘逸的诗篇。

我颈上戴过爱人手织的醉花的花圈，作为晚装。

但我想起孩提时第一次捧在手里的白茉莉，心里充满着甜蜜的回忆。

榕树

喂，你站在池边的蓬头的榕树，你可曾忘记了那小小的孩子，就像那在你的枝上筑巢又离开了你的鸟儿似的孩子？

你不记得他怎样坐在窗内，诧异地望着你那深入地下的纠缠的树根吗？

妇人们常到池边，汲了满罐的水去，你的大黑影便在水面上摇动，好像睡着的人挣扎着要醒来似的。

日光在微波上跳舞，好像不停不息的小梭在织着金色的花毡。

两只鸭子挨着芦苇，在芦苇影子上游来游去，孩子静静地坐在那里想着。

主题思想

纵然晴空绿草、清泉叮咚、落日余晖美，但都只是铺垫，都不及童年的回忆甜蜜；纵然宴会谈笑、雨日吟诗、颈戴爱人的花环快乐，但都只是衬托，都不如童年的回忆沁人心脾。在诗人心中，甜蜜纯真的童年才是最让人眷恋的，而洁白芬芳的茉莉就是最美的象征。

主题思想

爱默生曾经描述过自己心目中的伟大诗人，称他们"是人类的代表，具有最强大的力量，接受和聆听自然的真谛，并把它传授给人们"。这里，我们通过一个孩子渴望成为自然的一部分的愿望而看到了爱默生所说的那种伟大。

他想做风，吹过你的萧萧的枝柯；想做你的影子，在水面上，随了日光而俱长；想做一只鸟儿，栖息在你的最高枝上；还想做那两只鸭，在芦苇与阴影中间游来游去。

祝福

祝福这个小心灵，这个洁白的灵魂，他为我们的大地，赢得了天的接吻。

他爱日光，他爱见他妈妈的脸。

他没有学会厌恶尘土而渴求黄金。

紧抱他在你心里，并且祝福他。

他已来到这个歧路百出的大地上了。

我不知道他怎么从群众中选出你来，来到你的门前抓住你的手问路。

他笑着，谈着，跟着你走，心里没有一点儿疑惑。

不要辜负他的信任，引导他到正路，并且祝福他。

把你的手按在他的头上，祈求着：底下的波涛虽然险恶，然而从上面来的风会鼓起他的船帆，送他到和平的港口的。

不要在忙碌中把他忘了，让他来到你的心里，并且祝福他。

泰戈尔诗选

赠品

我要送些东西给你，我的孩子，因为我们同是漂泊在世界的溪流中的。

我们的生命将被分开，我们的爱也将被忘记。

但我却没有那样傻，希望能用我的赠品来买你的心。

你的生命正是青青，你的道路也长着呢，你一口气饮尽了我们带给你的爱，便回身离开我们跑了。

你有你的游戏，有你的游伴。如果你没有时间同我们在一起，如果你想不到我们，那有什么害处呢？

我们呢，自然的，在老年时，会有许多闲暇的时间，去计算那过去的日子，把我们手里永久失了的东西，在心里爱抚着。

河流唱着歌很快地流去，冲破所有的堤防。但是山峰却留在那里，忆念着，满怀依依之情。

我的歌

我的孩子，我这一支歌将扬起它的乐声围绕你的身旁，好像那爱情的热恋的手臂一样。

我这一支歌将触着你的前额，好像那祝福的接吻一样。

当你只是一个人的时候，它将坐在你的身旁，在你耳边微语着；当你在人群中的时候，它将围住你，使你超然物外。

我的歌将成为你的梦的翼翅，它将把你的心移送到不

主题思想

这三行诗没有那种孩子长大、父母孤独老去的无奈忧伤，而是平静地描述着人生的真相，那就是生命终将分离，唯有爱永恒。

艺术手法

父母对孩子的爱，是毋庸置疑的，但这份爱又是抽象的，诗人巧妙地将自己的爱化为具体的"歌"。"歌"作为意象，生动地表现出祝福孩子、守望孩子、护佑孩子、指引孩子的父母形象，将父母对孩子的爱写得深沉且温柔。

115

可知的岸边。

当黑夜覆盖在你路上的时候,它又将成为那照临在你头上的忠实的星光。

我的歌又将坐在你眼睛的瞳仁里,将你的视线带入万物的心里。

当我的声音因死亡而沉寂时,我的歌仍将在你活泼泼的心中唱着。

孩子天使

他们喧哗争斗,他们怀疑失望,他们辩论而没有结果。

我的孩子,让你的生命到他们当中去,如一线镇定而纯洁之光,使他们愉悦而沉默。

他们的贪心和妒忌是残忍的;他们的话,好像暗藏的刀,渴欲饮血。

我的孩子,去,去站在他们愤懑的心中,把你的和善的眼光落在它们上面,好像那傍晚的宽宏大量的和平,覆盖着日间的骚扰一样。

我的孩子,让他们望着你的脸,因此能够知道一切事物的意义;让他们爱你,因此他们能够相爱。

来,坐在无垠的胸膛上,我的孩子。朝阳出来时,开放而且昂起你的心,像一朵盛开的花;夕阳落下时,低下你的头,默默地做完这一天的礼拜。

艺术手法

这首诗主要使用了对比的手法,通过将孩子的善和"他们"的恶鲜明对比,衬托出孩子"天使"般的神圣形象。诗人相信弱小的孩子天使"到他们当中去",可以救赎"他们"丑陋的灵魂。这里的"他们"不仅仅是诗人生活的时代那些面目可憎的世人,也是任何时代不堪的世人的代表。

最后的买卖

早晨，我在石铺的路上走时，我叫道："谁来雇用我呀。"
皇帝坐着马车，手里拿着剑走来。
他拉着我的手，说道："我要用权力来雇用你。"
但是他的权力算不了什么，他坐着马车走了。

正午炎热的时候，家家户户的门都闭着。
我沿着弯曲的小巷走去。
一个老人带着一袋金钱走出来。
他斟酌了一下，说道："我要用金钱来雇用你。"
他一个一个地数着他的钱，但我却转身离去了。

黄昏了。花园的篱上满开着花。
美人走出来，说道："我要用微笑来雇用你。"
她的微笑黯淡了，化成泪容了，她孤寂地回身走进黑暗里去。

太阳照耀在沙地上，海波任性的浪花四溅。
一个小孩坐在那里玩贝壳。
他抬起头来，好像认识我似的，说道："我雇你不用什么东西。"
从此以后，在这个小孩的游戏中做成的买卖，使我成了一个自由的人。

主题思想

这首诗的主旨显而易见，即追求自由。前面皇帝的权力、老人的金钱与美人的微笑作为人的三种欲望都被"我"抛弃，反而是孩子的无欲无求成为"我"的选择。四段对话形象地传递出一种隽永的哲思。关于自由的认识，诗人的观点与庄子的"逍遥"有一定的相似之处，庄子说"无用之用，方为大用"，"至人无己，神人无功，圣人无名"。唯有我们放下一切欲望的执念，才能实现真正的自由。

泰戈尔诗拾遗

采果集

2

　　我少年时候的生命如同一朵花一般——当春天的微飔来乞求于她的门上时，一朵花从她的丰富里失去一两瓣花片也并不觉得损失。

　　现在少年的光阴过去了，我的生命如同一个果子一般，没有什么东西耗费了，只等着完完全全地带着她的充实甜美的负担，贡献她自己。

4

　　我醒过来，于晨光中找到他的信。

　　我不知道它里面说的是什么，因为我不会读它。

　　让那聪明人一个人读他的书吧，我不去惊扰他。因为谁知道他能不能读信中所说的话呢？

　　让我把它擎[1]在我的前额，把它印在我的心里。

　　当夜天渐渐地静默了，群星一个一个出来的时候，我要把它展开，摆在我膝上，静悄悄地坐着。

　　沙沙的林叶要高声对我读它，潺潺的溪流要曼吟它，

---

[1]擎（qíng）：往上托；举。

主题思想

　　诗人把自己青春年少时和入过中年后的生命状态比作自然中的春花与秋果，生动形象地写出不同人生阶段的特点（前者努力绽放，后者无私奉献），传达出人生如四季的哲思。

主题思想

　　诗中的"他"，以及"他的信"，诗人并未交代，我们也无从考证，这份神秘不禁让我们充满好奇。也许"他"是神，是宇宙，是生命……那么"他的信"就成了神的启示、宇宙的奥妙、生命的意义……但可以肯定的是，在这个有限的"他"和"他的信"中，我们看到了"无限"。这正是诗的魅力。

七颗聪明的星也要从天上对我歌唱它。

我不能找到我所要找的，我不能知道我所学的；但是，这封不能读的信却减轻了我的担负，却使我的思想转而为歌。

15

你的话是简单的，我的主人，但却不是谈论你的那些人的话。

我懂得你的群星的语言，懂得你的树林的静默。

我知道我的心开放起来如一朵花；我知道我的生命自己充满着，如一条伏泉。

你的歌，如同从寂寞的雪地飞来的鸟一般，飞来在我的心里筑巢。在四月温热的时候，我满足地等待这个快乐季候的来临。

23

诗人的心于风与水的声音中间，在生命之波上浮游而且跳舞。

现在太阳西下了，黑暗的天空降落在海面，如垂下的睫毛落在倦眼上一样。这是他把笔搁下，在这沉默的永久秘密当中，使他的思想沉入深渊之底的时候了。

艺术手法

无论是太阳，还是天空，抑或是大海，都是无比阔大的物象，但诗人却将日暮降临的景象比作极小的睫毛垂下的状态，实在是新奇而美妙。

24

夜间黑漆漆的，你的微睡深沉在我身的安慰里。

醒吧，喂，爱情的痛苦，因为我不知道怎么样去开那扇门，我只好站在门外。

时间等着，群星守着，风静止着，沉默很沉重地压在我心里。

醒吧，爱情，醒吧！倒满我的空杯，用歌的呼吸激扰夜间吧。

25

晨雀唱着歌。

在晨光未露之前，在如毒龙之夜还把天空握在他的冷黑圈子里的时候，他什么时候有早晨的语言呢？

告诉我，晨雀呀，由天与树叶盖成的两重夜里，东方的使者他怎么会找到他的路来到你的梦中？

当你叫道"太阳正在走来，夜要过去了"时，世界是不会相信你的。

喂，睡着的人，醒醒吧！

显露你的前额，等着光的第一次祝福，在快乐的忠实里，与晨雀一块唱歌吧。

主题思想

这首诗中，歌唱的晨雀不仅仅是自然中鸣声婉转动听的小生灵，它还象征着光明的使者，也象征着叫醒沉睡的灵魂的勇毅前行的呐喊者。

爱者之贻

4

她接近我的心,如草花之接近土地;她对于我之甜蜜,如睡眠之于疲倦的肢体。我对于她的爱情是我充溢的生命的流泛,如河水之秋涨,寂静地迅速流逝着。我的歌与我的爱情是一体,如溪流的潺潺,以他金色波涛的水流歌唱着。

5

如果我占有了天空和他所有的星星,占有了地球和他无穷的宝藏,我仍是要求增加的。但是,如果她成了我的,则我虽仅有这个世界上的最小一隅,即已感到很满足了。

9

妇人,你的篮子很重,你的肢体也疲倦了。你要走多远的路?你所求的是什么呢?道路很长,太阳下的尘土太热了。

看,湖水深而且满,水色黑如乌鸦的眼睛。湖岸倾斜

主题思想

在诗人"爱的哲学"体系中,相当一部分是有关爱情的。诗人在这里连用了四个比喻句来形容自己甜蜜的爱情,可见爱情在他心中有着多么崇高圣洁的地位。

而衬着绿草。

把你的倦足伸到水里去。午潮的风，把他的手指穿过你的头发，鸽子咕咕地唱他的睡歌，树叶微语着那安眠于绿荫中的秘密。

时间逝了，太阳落了，有什么要紧？横过荒地的道路在朦胧中失去了，又有什么要紧？

23

我爱这沙岸。这里有寂静的池沼，鸭子在那里呷呷地叫着，龟伏在日光底下曝[1]着；黄昏时，有些漂游的渔舟，藏在茂草中间。

你爱那有树的对岸。那里，阴影聚在竹丛的枝上；妇人们捧了水瓶，从弯曲的小巷里出来。

同是这一条河在我们中间流着。它对它两岸唱的是同样的歌。我在星光底下，一个人躺在沙上，静听着水声；你也在早晨的光明里，坐在斜坡的边上，静听着。然而，我从它那里听得的话你却不知道，而它向你说的密语，对于我也永远是一个秘密。

25

我握住你的双手，我的心跃入你的黑眼睛里，寻求你这永远避我而逃出于言语之外者。

---

[1] 曝（pù）：晒。

主题思想

诗人通过两个反问句，向我们展现出面对爱情的他反而不够勇敢的形象。不过，这并不有损于他的形象，反而让人看到了诗人高尚的灵魂。

然而，我知道我必须满足我的变动与易灭的爱情。因为我们有一回曾在街道中遇见。我有力量带你通过这个众多世界的群众，经过这个歧路百出的旅程吗？我有食粮能供给你经过架着死亡之桥的黑暗的空罅吗？

28

我梦见她坐在我头的旁边，手指温柔地在撩动我的头发，奏着她的接触的和谐。我望着她的脸，晶莹的眼泪颤动着，直到不能说话的痛苦烧去我的睡眠，如一个水泡似的。

我坐了起来，看见窗外的银河的光辉，如一个着火的沉默的世界。我不知道她在这个时候，有没有和我做着同韵律的梦。

29

艺术手法

这首诗写的是诗人与心爱的"她"意外相遇却无法向她倾诉爱意的惆怅情思。满心遗憾与忧伤化作摇曳的小艇、黄昏的花朵、飘飞的萤火，形象而又新奇，其中情感令人嗟叹。

我想，当我们的眼光在篱间相遇时，我有些话要对她说。但她走过去了。而我对她说的话，却如一只小艇，日夜在时间的每一个波浪上冲摇着。它似乎在秋云上行驶着，在不停地探问着。又似乎变成黄昏的花朵盛开着，在落照中寻求它已失的时间。我对她说的话，又如萤火似的，在我心上闪熠着，于失望的尘中，寻觅它的意义。

30

春花开放出来，如不言之爱的热烈的苦痛。我旧时歌声的回忆，随了他们的呼吸而俱来。我的心突然地长出欲望的绿叶来。我的爱没有来，但她的接触是在我的肢体上，她的语声也横过芬芳的田野而到来。她的眼波在天空的忧愁的深处；但是她的眼睛在哪里呢？她的吻香飞熠在空气之中，但是她的樱唇在哪里呢？

38

我的镣铐[1]，你在我心上奏着乐。我和你整日地游戏着，我把你当成我的装饰品。我们是最好的朋友，我的镣铐。有些时候我惧怕你，但我的惧怕使我爱你更甚。你是我漫漫黑夜的伴侣，我的镣铐。在我和你说再会之前，我向你鞠躬。

我漂浮在上面的川流，当我少年时，它迅速而湍急[2]地流着。春风微微地吹拂着，林花盛放如着火，鸟儿们不停息地歌唱着。

我眩晕地急驶着，被热情的水流所带走。我没有时间去看，去感觉，去把全世界拿到我身里来。

现在，那个少年是消失了。我登到岸上来，我能够听见万物的深沉的乐音，天空也对我开展了它的缀满繁星的心。

艺术特色

"镣铐"作为物象本就少有人写，而诗人不仅写了，而且将其人格化为朋友、伴侣，实属新奇。但这新奇并不使我们感到陌生或者怪异，在这个冰冷的意象中我们看到了快乐与爱，看到了那些尽管束缚我们灵魂却给我们爱和快乐的人与事的存在。

[1] 镣（liào）铐：脚镣和手铐，也比喻受到的束缚、禁锢。
[2] 湍（tuān）急：水势急。

42

你不过是一幅图画而不是如那些明星一样的真实,如这个灰尘一样的真实吗?它们都随着万物的脉息而搏动着,但你则完全固着于你的静定的画成的形象。

你以前曾和我一同走着,你的呼吸温暖,你的肢体吟唱着生命之歌。我的世界,在你的语声里找到它的话语,用你的容光来接触我的心。你突然地停步不进了,伫立[1]在永久的荫旁,剩我一人向前走去。

生命如一个小孩子,它笑着,一边跑着,一边喋喋[2]地谈着死:它招呼我向前走去,我跟随着那不可见的脚步。但你立在那里,停在那些灰尘与明星之外,你不过是一幅图画。

不,那是不能够的。如果生命之流在你那里停止了,那么它便也要停止了滚滚的河流,便也要停止了具有色彩绚烂的足音的黎明的足迹了。如果你的头发的闪熠的微光在无望的黑暗中瞑灭了,那么夏天的绿荫也将和她的梦境一同死去了。

我忘了你,这会是真的吗?我们匆匆地、头也不回地走着,忘了在路旁的篱落上开着的花。在忘掉一切的情景中,它们的香气不知不觉进入我们的呼吸,还充满着乐音。你已离开了我的世界,而去坐在我的生命的根上,所以这便是遗忘——回忆迷失在它自己的深处。

---

[1] 伫(zhù)立:长时间地站着。
[2] 喋喋(dié dié):言语烦琐;说话没完没了。

你已不再在我的歌声之前了,但你现在与他们是一个。你借了晨光的第一条光线而到我这里来。到了夕阳的最后的金光消失时,我才不见了你。就是这时以后,我也仍在黑暗中寻求你。不,你不仅仅是一幅图画。

44

当你死的时候,你对于我以外的一切,算是死了,你算是从世界的万物里消失不见了。但却完全地重生在我的忧愁里。我觉得我的生命完成了,男人与女人对于我永远成了一体。

45

携了美丽与秩序到我的艰苦的生命里吧,妇人,当你生时,你曾携过他们到我的屋里。请扫除掉时间的尘屑,倒满了空的水瓶,备补了所有的疏忽。然后请打开神庙的内门,点燃明烛,让我们在我们的上神之前沉默地相遇着。

48

我每天走着那条旧路。我携果子到市集里去,我牵我的牛到草地上去,我划我的船渡过那条河水,所有这些路,我都十分熟悉。

有一天清晨,我的篮子里装满了东西。许多人在田野

主题思想

这首诗中"你"具有不确定性,"你"被比作图画,被怀疑"真实性",温暖、会歌唱、会不见,总之,让我们不明所以。但可以确定的是诗人对"你"不懈的"寻求"。也许诗人要表达的是对世界的思考,也许是对生命、对自然的探寻,也许是其他,总之诗人给了我们一个无限的想象空间。

里忙着，牧场上停息着许多牛；地球的胸因喜米谷的成熟而扬起着。

大气中突然起了一阵颤动，天空似乎和我的前额接吻。我的心警醒起来，如清晨之跳出雾中。

我忘记了循原路走去。我离开原路走了几步，我看着我的熟悉的世界，而觉得奇异，好像一朵花，我以前所见的仅是它的蓓蕾。

我日常的智慧害了羞。我在这万物的仙国里飘游着。我那天清晨的失路，寻到我的永久的童年，可算是我生平最好的幸运。

艺术特色

这段文字记录了诗人突然醍醐灌顶般顿悟自然的无穷与神奇的心理状态。一个"突然"的变化，使得曾经习以为常的旧路变得非同寻常，有一种"看山不是山，看水不是水"的意味。

50

"来，月亮，下来吻我爱的前额。"母亲这样说着，她把她的小女孩抱在膝上。那时，月亮如梦似的微笑着。夏天的微香在黑暗中偷偷地进来，夜鸟的歌声也从檬果林的阴影密蔽的寂静里送过来。在一个远处的村间，从一个农夫的笛里，吹来一阵悲哀音调的泉源。年轻的母亲坐在土阶上，孩子在她的膝上，她温柔地呢语道："来，月亮，下来吻我爱的前额。"她有时抬头看天上的光明，有时又低首看在她臂间的地上的光明。我诧异着月亮的恬静。

孩子笑着，学着她母亲的话："来，月亮，下来。"母亲微笑着，明月照澈的夜也微笑着。我，做诗的人，这孩子的母亲的丈夫，隐在看不见的地方，凝视着这幅图画。

主题思想

在这段散文化的描写中，前景是一个娴静温柔怀抱她的孩儿的慈母形象，背景是恬静皎洁的明月，前者是人文的，后者是自然的，二者交织，明月的清辉仿佛成了母亲圣洁的光环，让人感到一种神圣与永恒的美好。

51

早秋的时节天上没有一片云。河水溢到岸沿来，冲刷着立在浅水边的倾侧的树的裸根。长而狭的路，如乡村的渴舌，没入河水中去。

我的心满盈盈的，我四周观望着，看着沉默的天空，流泛的河水，觉着快乐正在外面展延着，真朴如儿童脸上的微笑。

57

这个秋天是我的，因为她在我心头震撼着。她的闪耀的足铃在我血管里丁零地响着，她的雾色的面纱，扰动着我的呼吸。我在所有我的梦中知道她的棕色头发的接触。她走出去，在颤抖的树叶上，那些树叶在我的生命的脉搏里跳舞，她的两眼从青的天空上微笑着，从我那里饮啜他们的光明。

歧路

12

我的心呀，紧紧地握住你的忠诚，天要黎明了。

"允诺"的种子已经深深地埋在土里，不久便要发芽了。

睡眠如一颗蓓蕾，将要向光开放它的心，沉静也将找到它的声音。

你的担负要变成你的赠赐，你的痛苦也将烛照你的道路，这日子是近了。

16

你黎明时走到我的门口，唱着歌；我被你从睡梦中惊醒。我很生气，你便悄悄地走开了。

你正午时走进门来，向我要水喝；我正在做事，我很恼怒，你便遭到斥责地走出去了。

你黄昏时，带了熊熊的火炬走进来。

我看你好像是一个恐怖者，我便把门关上了。

主题思想

"担负"与"赠赐"，"痛苦"与"烛照"两组看似自相矛盾的概念形象地表达了诗人直面苦难、挫折及人生的积极意义。这与诗人"世界以痛吻我，我却报之以歌"的人生态度是一致的。

现在，在夜半的时候，我孤寂地坐在黑漆漆的房里，却要叫被我斥走的你回来了。

20

天色晦暝，雨淅沥地下着。
愤怒的电光从破碎的云幕里射下来。
森林如一只囚在笼中的狮子，失望地摇着鬃毛。
在这样的一天，在狂风呼呼地扑打它们的翼膀的中间，让我在你面前找到我的平安吧。
因为这忧郁的天空，已荫盖着我的孤独，使你与我的心接触意义更为深沉。

主题思想

这首诗中，我们明显能够感受到狂风暴雨中诗人的忧郁和孤独，但这种孤独却非常饱满深沉。正是诗人内心的孤独为我们映照出一个情绪化的人格化的大自然——愤怒的闪电、失望的森林与忧郁的天空。

77

"旅客，你到什么地方去？"
"我沿着林荫的路，在红色的黎明中，到海里沐浴去。"
"旅客，那个海在什么地方？"
"它在这个河的尽处，在黎明开朗为清晨的地方，在白昼没落为黄昏的地方。"
"旅客，同你一块来的有多少人？"
"我不知道怎样去数他们。
"他们提着点亮了的灯，终夜在旅行着。他们经过陆与水，终日在歌唱着。"
"旅客，那个海有多远？"

主题思想

这是一首极富寓言色彩的散文诗。诗中的"旅客""海""旅路""黑夜""歌声"都有深刻的寓意。诗人用对话的形式进行不断追问，这正是对于人生目的、道路的追问。

"它有多远,正是我们所要问的。

"它的波涛的澎湃[1],涨泛到天上,当我们静止不言之时。它永远地似乎在近,却又在远。"

"旅客,日光是灼烫[2]的热。"

"是的,我们的旅路是长而艰难的。

"谁精神疲倦了便歌唱,谁心里懦怯了便歌唱。"

"旅客,如果黑夜包围了他们呢?"

"我们便将躺下去睡,直睡到新的清晨偕了它的歌声而照耀着,及海的呼唤在空中浮泛着时。"

---

[1] 澎湃(péng pài):形容波浪互相撞击;或形容声势浩大,气势雄伟。

[2] 灼(zhuó)烫:像火烫着、烧着那样。

世纪末日

1

这个世纪的最后的太阳,在西方的血红的云与嫉忌的旋风中落下去了。

各个国家的自私的赤裸裸的热情,沉醉于贪望之中,跟了钢铁的相触声与复仇的咆哮的歌声而跳着舞。

2

饥饿的国家,它自己会在自己的无耻的供养里暴烈地愤怒地烧灼起来。

因为它已把世界当作它的食物而舐着,嚼着,一口气吞了下去。

它膨胀了,又膨胀了。

甚至在它的非圣洁的宴会中,天上突然落下武器,贯穿了它的粗大的心胸。

3

地平线上所现的红色的光,不是和平的曙光,我的祖国呀。

主题思想

诗人并不是"两耳不闻窗外事"的,也不是孱弱无力的,他的声音中不仅有爱的歌颂,也有爱的怒火。这怒火是针对那些侵略者的,是针对他们的贪婪和罪恶的。更可贵的是,他的怒火不仅仅停留在心中、口中,他也曾积极投身印度的革命运动中。

它是火葬的柴火的光,把那伟大的尸体——国家的自私的心——

烧成了灰的,它已因自己的嗜欲[1]过度而死去了。

你的清晨则正在东方的忍耐的黑暗之后等待着。乳白而且静寂。

4

留意着呀,印度。

带了你的信仰的祭礼给那个神圣的朝阳。

让欢迎它的第一首颂歌在你的口里唱出。

"来吧,和平,你上帝自己的大痛苦的女儿。

带了你的悔意的宝藏,强毅的利剑,

与你的冠于前额的温和而来吧。"

5

不要羞馁[2],我的兄弟们呀,披着朴素的白袍,站在骄傲与威权之前。

让你的冠冕是谦虚的,你的自由是灵魂的自由。

天天建筑上帝的座位在你的贫穷的广漠的赤地上,而且要知道,庞巨的东西并不是伟大的,骄傲的东西并不是永久的。

---

[1] 嗜(shì)欲:指耳目口鼻等方面贪图享受的要求。
[2] 馁(něi):失掉勇气。

主题思想

《世界末日》这本诗集附录于诗人出版的演讲集《国家主义》中。显然,创作背景正是当时诗人的祖国印度仍处于他国殖民统治下动荡不安的时期,诗人用自己的诗文来表达对祖国和平的渴盼。

爱者之贻

我的歌呀，你的市场在什么地方呢？夏天的微风里杂着学者鼻烟的气味，人们不休地辩论那"油依赖着桶或是桶依赖着油"的问题；黄色的稿子对于逝水似的无价值的人生蹙着眉峰，你的市场是在这些地方吗？我的歌叫道：唉，不是，不是。

我的歌呀，你的市场在什么地方呢？幸福的人住在云石的宫殿里，十分骄傲，十分肥胖。他的书放在架上，皮装金字，且有奴仆为之拂去尘埃，他们的洁白的纸上写着的是奉献于冥冥之神的；你的市场是在这个地方吗？我的歌喘着气答道：不是，不是。

我的歌呀，你的市场在什么地方呢？青年学生，坐在那里，头低到书上，他的心飘荡在青年的梦境里；散文在书桌上巡掠着，诗歌则深藏在心里。你的市场是在这个地方吗？你愿意在那种尘埃满布的无秩序中捉迷藏吗？我的歌迟疑不决地沉静着。

我的歌呀，你的市场在什么地方呢？新妇在家里忙碌着，当她一得闲暇，便跑到卧室里去，急急地从她枕下取出一本小说，这书被婴儿粗忽地玩弄着，而且充满着她的头发香。你的市场是在这个地方吗？我的歌叹息一声颤震着，意思未定。

艺术特色

诗人通篇采用设问的方式，反复询问自己的内心之"歌"，寻找自己灵魂的归宿，在两次否定和两次犹疑未决之后终于找到了答案，形式整饬，描写生动。对于自己的答案——美丽的大自然，诗人将其描摹成自己爱慕的美丽女子，给人轻盈柔美曼妙之感。

我的歌呀，你的市场在什么地方呢？禽鸟的歌声，宏纤毕闻，溪流的潺湲，也能清晰地听到，世界的一切琴弦将他们的音乐倾注在两个翱翔的心上。你的市场是在这个地方吗？我的歌突然地叫道：是的，是的。

昨夜我在花园里，献我的青春的白沫腾跳的酒给你。你举杯在唇边，开了两眼微笑着；而我掀起你的面纱，解开你的辫发，让你的沉默而甜柔的脸贴在我的胸前，明月的梦正泛溢在微睡的世界里。

今天在清露冷凝的黎明的静谧里，你走向大神的寺院去，沐过浴，穿着白色长袍，手里拿着满篮鲜花。我在这黎明的静谧里，在到寺院去的寂寞的路旁的树荫下面，头低垂着。

无题

静听，我的心。他的笛声，就是野花的气息的音乐，闪亮的树叶、光耀的流水的音乐，影子回响着蜜蜂之翼的音乐。

笛声从我朋友的唇上，偷走了微笑，把这微笑蔓延在我的生命上。

艺术特色

诗人写的明明是一段内心独白，但聆听笛音的心理却是用野花、树叶、流水和蜜蜂来呈现的，这些自然中的生命显然与诗人的生命融为一体了，这正是泰戈尔诗歌的独特魅力。

花环

  我的花如乳、如蜜、如酒,我用一条金带把他们结成了一个花环。但他们逃避了我的注意,飞散开了,只有带子留着。

  我的歌声如乳、如蜜、如酒,他们存在于我跳动的心的韵律里。但他们,这暇时的爱者,又展开翼膀,飞了开去,我的心在沉寂中跳动着。

  我所爱的美人,如乳、如蜜、如酒,她的唇如早晨的玫瑰;她的眼如蜂一般的黑。我使我的心静静的,只怕惊动了她。但她却也如我的花、我的歌一样,逃避了我,只有我的爱情留着。

  有许多次,春天在我们的房外敲着门,那时,我忙着做我的工,你也不曾搭理他。现在,只有我一个人在那里,心里病着,而春天又来了,但我不知道怎样才能叫他从门口回转身去。当他走来而欲以快乐的冠给我戴时,我们的门是闭着的,现在他来时所带的是忧愁的赠品,我却不能不开门让他走进来了。

(以上译诗原载20世纪20年代出版的《小说月报》和《文学周报》)

主题思想

  诗人用散文化的语言描写了自己与春天的两段故事,进而向我们传达出一种有关生命的思考:一定要善于发现和珍惜生命中的美好,否则留下的就是永远的遗憾了。

附录

泰戈尔传

序

　　这册《泰戈尔传》原登载于一九二三年九月及十月号《小说月报》上。单行本，本想在泰戈尔到中国时出版。不料搁置于印刷的地方直到了现在。因为近来很忙，不能再细读一遍，所以除了一二小错误曾改正了之外，其余文字一概都照旧。

　　虽然泰戈尔在去年四月已到过中国了，已在中国演讲了好几次了，然而能充分了解他的人究竟有多少呢？这篇传对于想知道他的生平与思想的人，也许不无小小的帮助。

　　我在附录里转载了我的朋友瞿世英君及张闻天君的几篇文字，应在此向他们道谢！

　　泰戈尔在中国的讲演，俱由我的朋友徐志摩君为之记录，他现在正在整理这个讲演集，大约不久即可出现。因此，这个小册子里对于泰戈尔在中国的行踪与演讲，便不再述了。

郑振铎
1925 年 2 月 24 日

泰戈尔诗选

绪言

拉宾特拉那斯·泰戈尔（Rabindranath Tagore）是现代印度的一个最伟大的诗人，也是现代世界的一个最伟大的诗人。

他的作品，加入彭加尔（Bengal）[1]文学内，如注生命汁给垂死的人似的，立刻使彭加尔的文学成了一种新的学；他的清新流丽的译文，加入于英国的文学里，也如在万紫千红的园林中突现了一株翠绿的热带的常青树似的，立刻树立了一种特异的新颖的文体。

现代诗人的情思，对于我们似乎都太熟悉了；我们听熟了他们的歌声，我们读熟了他们的情语，我们知道他们一切所要说的话，我们知道他们一切所要叙述的方法，他们的声音，已不能再引起我们的注意了。泰戈尔之加入世界的文坛，正在这个旧的一切已为我们厌倦的时候。他的特异的祈祷，他的创造的新声，他的甜蜜的恋歌，一切都如清晨的曙光，照耀于我们久居于黑暗的长夜之中的人的眼前。这就是他所以能这样地使我们注意，这样地使我们欢迎的最大的原因。

他同时又是一个伟大的哲学家；他的哲学思想，也如他的诗歌和其他作品一样，能跳出近代的一切争辩与陈腐的空气，而自创一个新的局面。

他在举世膜拜西方的物质文明的时候，独振荡他的银铃似的歌声，歌颂东方的森林的文化。他的勇气实是不能企及。

---

[1] 彭加尔（Bengal）：即孟加拉。

我们对于现代的这样的一个伟大的人物似乎至少应该有些了解。

他现在是快要到中国来了，我且乘这个机会，在此叙述他的生平的大略，以为大家了解他的一个小帮助。

他的传记的本身也是一篇美丽的叙事诗。印度人都赞羡着他完美的生活。自他的童年以至现在，他几乎无一天不在诗化的国土里生活着。我们读他的传记正如读一篇好诗，没有不深深地受它的感动的。

我所以要介绍他的传记，这也是一个小原因。

去年二月的《小说月报》上，我曾做了一篇他的传，但未免太简略了。所以现在再在此做一篇较详细的。

我的这篇传里的材料，大部分都取之于泰戈尔的《我的回忆》与柯麦尔·洛依（B.Koomar Roy）的《泰戈尔与其诗》二书。此外还参考了几本别的书，他们的名字，恕不能在此一一举出。

第一章　家世

拉宾特拉那斯·泰戈尔（Rabindranath Tagore）生于一八六一年五月六日。他的生地是印度的彭加尔地区。印度是一个"诗的国"。诗就是印度人日常生活的一部分。新生的儿童到了这个世界上所受的第一次的祝福，就是用韵文唱的。孩子大了，如做了不好的事，他母亲必定背诵一首小诗告诉他这种行为的不对。在初等学校里，教了字母之后，学生所受的第一课书就是一首诗。许多青年的心里所受的最初的教训就是："两个伟大的祝福，能消除这个艰苦的世界的恐怖的，就是尝诗的甘露与交好的朋友。"许多印度人做的书也都是用诗的形式来写的；文法的条规，数学的法则，乃至博物学、医学、天文学、化学、物理学，都是如此。结婚的时候，唱的是欢愉之诗；死尸火葬的时候，他们对于

泰戈尔诗选

死人的最后说的话，也是引用印度的诗篇。在这个"诗之国"里，产生了这个伟大的诗人泰戈尔自然是没有什么奇怪的。他的家庭是印度的著名的望族。近百年来，这家摇篮里继续产生了不少的伟大的人物，为彭加尔地方的文艺复兴的先驱者。无论在社会与宗教的改革，在艺术与音乐的复兴，在政治与实业的组织上，他们都立有很大的功绩。所以印度的人民，尤其是彭加尔的人民，一讲起这个家族都带着十二分的敬意。在这样的家庭产生了他，也是没有什么奇怪的。

在这个家族当中，最著名的人有柯麦尔·泰戈尔（Prosonno Koomar Tagore），他是一个地主，一个享大名的律师，一个编辑者，他生平做了不少的关于法律与教育的文字，又创办了英印协会，为它的会长；有莫汗·泰戈尔（Raja Sir Sourindra Mohun Tagore），他是印度的一个最著名的音乐家，他创办了彭加尔音乐学校，及彭加尔音乐院，还著了不少的论印度音乐和乐器的书；有阿白宁特拉那斯·泰戈尔（Abanindranath Tagore），他是一个著名的画家，印度艺术复兴运动中的一个领袖；有拉马那斯·泰戈尔王（Maharaja Ramanath Tagore），他是我们现在所叙的这个大诗人的祖父的兄弟，一个政治上的领袖，并且也是一个著作家；有特瓦拉甘那斯·泰戈尔王子（Prince Dwarakanath Tagore），他是这个大诗人的祖父，一个大地主，创办了地主协会，又是一个社会改造者，著名的慈善家，最初反对印度妇人殉夫的风俗。

在许多名人中，尤其著名的是这个大诗人自己的父亲特平特拉那斯·泰戈尔（Debendranath Tagore）。他不是一个国王，他不愿意得到这种的地位。但印度的人民却荣他更可贵的尊号，称他为"大哲"。他是印度近代的一个最伟大的社会的和宗教的改革者，他的牺牲的精神和坚定的主义，近代的印度没有一个人足以与之并肩。他是一个王子的儿子，然因要尽道德上的义务，竟把所有的地产，两手捧给他父亲的债主，使他自己安于一个穷人的地位。这些债务，本来都是没有法律上或文件上所规定的必要偿还的责任的。债主们为他的这个义侠的举动所感，竟留下一部分的财产还给他。他共生了七个儿子，三个女儿，大诗人拉宾特拉那斯是他们当中最少的一个。在他们几个兄弟当中，著名的人也不少，有一个名特威琴特拉那斯（Dwijendranath）的，是现代的一个大哲学家。"松鼠从树枝上跃到他的膝上，鸟儿们栖息在他的手上。"

第二章　童年时代

大诗人的泰戈尔在这样的一个家庭中度过他的童年。

他和别的两个孩子在一起读书，他们都比他大两岁；那时所读的东西，他早已忘怀；他所记得最真切的只有"雨溅叶颤"及"雨淅沥地落下，潮水泛溢到河上来"二句。这是他与文学第一次的接触；他说，当时的印象，到现在还没有消灭。

他在家中，不常见到他父亲；那个"大哲"是常在外面旅行的。他幼年的保护者是几个男仆人，他们都是很粗心很自私的。他们常常为免除他们看护的麻烦起见，把小孩子们关在一间屋里，不准他们自由行动。有一个仆人，常叫泰戈尔坐在一个指定的地点，用粉笔在地上画了一个圆圈，把他包围起来，并且惊吓他说，如果他离开这个圆圈一步，就会有危险。他便坐在那里动也不动。因为他读过《拉摩耶那》（Rāmāyana）[1]，知道有一个人因为擅自离开别人所画的圈子，后来竟遇到许多危险。幸而他所坐的地方，常近于窗口；他从窗中能够看见花园，看见一个池，许多行树，还看着往来的人与鸟儿等；鸭子在池中游

---

[1] 《拉摩耶那》（Rāmāyana）：即《罗摩衍那》。

泳，树影在水面映动。有一株榕树，尤使他注意，他在后来曾有一首诗写到它：

呵，古老的榕树，你的绞绕的树根从枝上挂下来，
你日夜站着不动，如一个修道者之在忏悔，
你还记得那个孩子，他的幻想曾随了你的阴影而游戏的吗？

天然的景色，使他忘了囚禁之苦。

他在家中，几乎一步也不曾踏到大门以外。即家中的许多房屋他也不能走遍。他父亲的房子在三层楼上，因为他常不在家，所以门终日都是关着。幼年的泰戈尔常偷偷地推门进内，坐在沙发上。

有一天，他正在可以看见大路的楼廊上游戏，他的外甥萨底亚（Satya）突然地"巡警！巡警！"地叫着，想去吓他。他那时候，还不明白巡警的职务是什么，仅知道他们是可怕的，犯罪的人一被他捕去，便如被鳄鱼吞入口内一样，永不会再出来。所以他一听见这个叫声，幼稚的心，大为恐怖，立刻逃进屋内，不敢再出去，静静地坐在他姊姊的房门口，拿了一本《拉摩耶那》在读。这本书是属于他的老姑母的。他的心渐渐地沉浸到书中去，看到一个悲惨的地方，竟哭泣起来。他的姑母跑了来，把他的书取去。这件事，也使他许久不曾忘记。

他一天一天地长大，一天一天地更渴望到家宅以外去看看。

有一天，他看见他的一个哥哥和他的外甥萨底亚同到学校里去上学。因为他还少，他们不让他同去。当萨底亚回家时，向他夸说路上的经历，他竟哭起来，要求也到学校里去。他的家庭教师跑来，重重地打他几下，对他警告道："你现在哭着要进学校，将来恐怕你更要哭着想出校呢。"他忘了这个教师的姓名、面貌及性质，但他的沉重的手掌和

他的这个沉重的警告，则使他永不能忘。他说在他生平，不曾听见比这个更确的预告。

他的哭声，使他立刻达到他的愿望。他进了东方学院。在那里学的什么，他早已忘了，但他们的一种刑罚，则还留一个很鲜明的印象在他脑中。凡是不能背诵功课的儿童，都被罚立在木凳上，两臂伸开，手掌向上，在手掌上堆了好几片石板。

他很不喜欢这个学校。离了家庭的拘束，又进了学校的囚笼，他自然很不高兴。他的家庭教师的预言至此不幸而中；他不久竟离了这个东方学院，改进一个师范学校。但这个师范学校与他的性情也不相宜。同学对他不好，教师也使他讨厌，他自己曾说，有一个教师，常用粗暴的话问他，他以此为耻辱，因此对于他所发的问题，概置不答。全年之中，他都坐在一班的末座，不开口说一句话，只是自己在沉思着，在想解决许多人生的大问题。他说："我还记着一个问题：如果我没有武器，将怎样去打败一个敌人。解决的方法就是如果我驯养了狮子、老虎和狗去开始战争，那么便容易得到胜利了。"

如此的一年过去了。到了年终考试时，他竟获到班中最高的分数。他的教师觉得很惊奇，以为一定有别的原因，便请学校当局复试。但复试的结果，他仍然保持他的原有的分数。

他既不喜欢这个师范学校，于是他的家人又把他送进彭加尔学院，一个英印的学校。虽然这个学校的学生和教师对他没有特别的恶感，但他仍然觉得它是一所监狱，一座病院。

他同时在家庭中研究生物学，生理学，物理学，几何学，历史，音乐及英国文学等。他所最不喜欢的就是英文。他的教师，常常很热忱地使他明白英国文学的好处，但他常是置之不见不闻。教师从著名的英国诗人的作品里，引几段名句背诵给他听，他却笑了起来，使他的教师弄得脸红耳热，只好停止背诵。

但他在实际上决不是不喜学问的，他所不喜欢的是强迫的和规定的课程。他心中充满了诗的冲动。当他极少的时候，即已醉心于诗歌。以后，则对于诗的兴味，一天一天地浓厚起来。

他最初学做诗，是由比他年纪大的一个侄子约底白鲁克僖（Jyotiprokash）的鼓励。当泰戈尔七岁的时候，有一天正午，约底白鲁克僖突然地掖了他的手臂，引他进他的书房。对他说道：

"你有做诗没有？"

"我怎么会做？我还不知道怎样做。"

"我会教你的，我读过莎士比亚的《哈姆雷特》（Hamlet），虽然我不是一个诗人，但我觉得你的心情，如果好好地加以训练，必可以成一个大诗人。"

于是约底白鲁克僖便取了纸与笔，告诉他做十四行诗的方法。这就是泰戈尔第一次所受的做诗的方法。

当他在师范学校的时候，有一个教师，和他很好，知道他是喜欢诗歌的，便常常地教给他做诗的方法。他或者代泰戈尔出一个题目，或者自己先写了一二行，然后再叫这十岁左右的学生接下去写。

虽然他自己曾说，他家里的人对于他都不大留意，他的嫂子尤阻碍他做诗的天才的发展，然而他的诗童的声誉，竟一天天高起来，他的诗才竟一天天发展起来，如趋下的清溪一样，路中的圆石是不能阻止它的东流的。

他的童年时代，便是如此。

他在一封信上曾说道："我的幼童年代，已经不大记得。但我却很记得，常常地，在清晨的时候，我心上总不知不觉地泛溢着一种说不出的愉快。全个世界对于我似乎充满了神秘。每一天，我总拿了一根小竹棒，在那里掘土，想着我也许可以发现那些神秘的一个。这个世界的一切美丽与甜蜜与芬芳，一切人民的走动，街上的唱声，鸢的鸣声以及家园里的可可树，池边的榕树，水上的树影，清晨的花的香气——所有这一切，都使我感得有一个朦胧的认得的人物，幻化了这许多形态，以与我为伴。"

他又在一个别的地方说道："当我回顾我童年的时候，这个总站在我记忆的前面，就是：人生与世界似乎是充满了神秘。我每天感到，并且想到，无论什么地方总有些不可臆测的东西，我之遇见她在什么时候也不能决定。似乎自然常紧握了她的手掌，向我问道：'告诉我，我手里有什么东西。'我永远不敢回答，因为无论什么东西，在那里都是有的。"

他的爱自然，爱自然的上帝的心，在这个童年时代已经具有了。

第三章　喜马拉耶山

泰戈尔的父亲特平特拉那斯有一次到喜马拉耶山（Himalayas）去旅行，那时，大家忽惊传着俄国侵略的消息；许多人都以为喜马拉耶山的地方很危险。他母亲因为他父亲正在那里，心里十分地惊慌。但是他家里的许多人，却都不肯分担她的忧愁。她最后跑到这幼年的诗人那里，要他的帮助。她问道："你会写信到你父亲那里，告诉他俄国人的消息吗？"他便动笔写这封信，这是他写给他父亲的第一封信。他不知信应该怎样起首、怎样结束的，跑去问了一个人，才把它写成功。他父亲回了一封信给他。他叫他不要害怕；如果俄国人真个来了，他自己会把他们赶跑的。这些话并不能减少他母亲的忧虑，但在他心里，则以为父亲已经是没有危险了。自此以后，他便每天都想写信给他父亲。

隔了不久，他父亲从喜马拉耶山回家。全家换了一个样子。母亲自己到灶头上帮厨子的忙，他父亲久闭的房门口，也立了一个仆人，叫孩子们不要在房子外面吵闹。他们都轻轻地走着路，低声地耳语着，连向这房里一张望也不敢。

他这时候的功课，还是照旧，但他仍然是对于这些规定的功课不感兴味。他常常自动地读许多他所读不大懂的东西，但读时虽不大懂，却能深深地使他感动。有一次，他大哥看见黑云突然地密集，口里背吟着几句卡利达（Kalitas）的《云的使命》。他这时候，连一句桑士克里底（Sanscrit）[1]文也不懂，但他的大哥的歌声，却使他十分感动。还有一次，他得到一本有插图的《古玩铺》一书，这时，他的英文程度还很浅，他把这书全读完了，其中的文句，至少有十分之九是他所不懂的，但他却有一个朦胧的具体观念，读时十分感动且有兴趣。又有一次，他陪他父亲，坐了家艇到恒河上去。他父亲所带的书中，有一部约耶地瓦（Jayadeva）的《吉塔哥文达》（Gita Govinda）。它的诗句不是分行写的，全书都如散文一样，接连地写下去。当他读到"黑夜走过寂寞的林屋"一句时，他心里感着一种隐约的美。他把那些诗句照音韵分开，把全书重抄了一遍，给他自己读。这种工作使他得很大的快乐。然而他这时对于约耶地瓦所说的意义，实未完全明白。

依据他自己的这几个经验，他后来便发表一段对于教育的意见：

"教育的主要目的不在于解释意义，而在于敲打那心的门。如果我们问一个儿童，叫他叙说出在这样的敲门时，他心里所惊觉的是什么，他便会说出些非常聪明的话来。因为内部所发生的感觉是比他所能用言语表白的更为伟大的。"

---

[1] 桑士克里底（Sanscrit）：梵语；梵语的。

有一天，他父亲叫他上楼，问他道："你愿意陪了我同到喜马拉耶山去么？"离开彭加尔学院而到喜马拉耶山去，当这个幼年诗人听见这句话时，他真是惊喜欲狂！他连忙应了一声"愿去！"于是他们不久便动身走了。

他们先到鲍尔甫（Bolpur），住在他父亲为静修而建的"和平之院"（Shanti Niketan）里。他的外甥萨底亚曾到过这个地方，回来时告诉过他许多事情，并对他说，乘坐火车是个最危险的事，一不小心，滑下去就是死，又说，一个人一定要用全力坚坐在椅上，不然，车一开，弹簧便会把人反弹到外面去的。所以当他到加尔加答[1]车站乘车时，心里非常害怕。到后来，他很容易地上了车，车开时又不见得有大震动，他心里反倒觉得有些失望。火车迅驰地前进。广漠的田畴，清碧的溪流，翠绿的树林，苍老的村居，都在他眼前飞奔而过。黄昏时，他们到了鲍尔甫。他在轿中，闭目想把途中的美景一一存留在心上。

在鲍尔甫的时候，他行动非常自由，他父亲并不禁止他的游散。沙地上有许多美丽的圆石，小溪在它们中间流过。他常在这个地方，收集了许多奇形的圆石，把衣袋都放满了。他把这许多收获，都取出给他父亲看；他父亲很热心地说道："真是有趣！你在什么地方得到这许多东西？"

"还有许多许多，几千几万呢！"他说道，"我每天去收集了许多来。"

他父亲说道："很好！为什么不用这些石子装饰我的小山？"

所谓小山，乃是一个土堆，他父亲常坐在顶上做早祷的。

当他离开鲍尔甫时，他因为不能把那些圆石带走，心里还很觉得

---

[1] 加尔加答：通译加尔各答，印度城市。

烦恼。

　　他在鲍尔甫所最喜欢读的书，乃是《拉摩耶那》。他常常坐在露天底下，带着沉挚的情感，在读着这本书。有时，他读到书中悲哀的地方竟哭起来，有时遇到可笑的地方，他又笑起来，读到冒险的地方，他又为书里的英雄着急。这时，他又得到了一本日记；他常在这本日记上写他的童年的诗歌。他拿了这本日记在手里，便觉得自己是个诗人；他常坐在绿草上，在一株小的可可树底下，两只赤足伸直着，在那里写他的诗。

　　他父亲要使他练习注意，便放少数的钱在他身边，叫他负保管及记账的责任，又叫他开他的金表，但其结果则账目上的款却比给他的钱还多。他父亲说道："我真要叫你做我的会计，钱在你手里，似乎会变多起来！"至于表呢，不到几天便被送钟表铺里去修理去了。

　　他们离开了鲍尔甫到安里闸尔（Amlitsar）去。在路上发生了一件意外的事。火车停在一个大站，查票员跑来验票。他很惊奇地看着这幼年的诗人，好像有些疑心。他走开了，又同了一个人来，看了一看又走了。最后站长自己跑来。他看了泰戈尔所执的半价票问道："这个孩子已经过十二岁么？"

　　他父亲回答道："没有。"

　　那时他实在只有十一岁。但他的身体，也与他的诗才一样，都是早熟的；在别人看来，他的相貌实比年龄大。

　　站长说道："你必须代他买一张全票。"

　　他父亲一句话也不说，从皮箧里取出一张数目很大的钞票交给那个站长。当他们把余钱找还他时，他随手把这些钱都掷到窗外去，说道："我从没有一句谎话，尤其是对于钱。"站长立在那里，感得他自己的卑鄙。

安里闸尔的金色的寺院如在梦中似的，跑到他的眼前。有好几个早晨，他伴了他父亲到湖中的一个寺院去，杂在众人中祈祷。黄昏的时候，他父亲面对着花园坐着，月光从树叶中穿过来，映照在地上；他便为他父亲唱着祷歌。他父亲低着头，握着手，专诚地静听着。这种景象，他到现在还不曾消融掉。

他父亲带了好几部书来教他读。最初选择出一本《法兰克林传》（The Life of Benjamin Franklin）来，但不久他父亲便觉得不好。法兰克林是一个太职业化的人，他的狭隘的计算的道德，使教者引起厌倦的心。同时，他父亲又教他桑士克里底读本第二册和《通俗天文学》。他有时察看他父亲带去给他自己读的书；这些书中，使他最注意的是一部有十册或十二册之多的琪彭（Gibbon）的《罗马史》。他觉得它是干燥无味的东西。他想道："我是一个小孩子，没有帮助的，读了许多书，是因为必须要读的。但是，一个大人，他本来可以随意地读书或不读书，为什么也是如此呢？"

他们在安里闸尔约住一月；到了四月的中旬，他们便动身到喜马拉耶山上去。在安里闸尔的最后几天里，泰戈尔心中已感觉到喜马拉耶的强大的呼唤之声了。

他们走上山坡。春花在路边岩隙中盛放着，瀑布在森林中挂下。泰戈尔的双眼几乎没有停视，他只恐怕把美景忽视了。他的心涨满了新的愉快。最后，他们住到一个山顶上。虽然气候已近五月，那里依然觉得寒冷；山峰的阴面，冬雪还不曾消融。在他们的房屋下面，有一座森林，这幼年的诗人，常常一个人跑到那里去。

他睡的房子在那所屋的尽端。他卧在床上，从窗中可以看见远处戴雪的高峰，在星光下面朦胧地耀着。有时，他在半睡半醒时，能够看见他父亲披了红的披肩，手里提着灯，轻轻地走过去，坐在游廊里入定。他又睡着一会。他父亲便到他床边，推他起来，那时夜的黑色还未过去。这时是他记诵桑士克里底文的时间。太阳升了，吃了早餐，等他父亲做完祈祷，他们便出去散步。但他怎能和他父亲同走呢？许多大人且追他父亲不上。隔了一会，他便从山上的一道便道里回家了。等他父亲回来，他又读了一点钟英文。下午又要读书。但他早晨起身得太早了；到这时候"睡眠"便来复仇。他父亲看他要睡，即停了不教。而那时"睡眠"却又飞走了。他取了棒子，去各山上乱跑。他父亲并不阻止他。这位大哲向来是不干预他儿子们的自由的。

泰戈尔常常由这个山峰跑到那个山峰，自然对于他显出千万的神秘。青碧无垠的天空覆盖在头上，银链似的瀑布从千丈的悬崖上倒挂下来，水声潺潺地响着，大树如祈祷者，静悄悄地立在那里，他这时便与岩石以及这一切大树瀑布为伴侣。他的心胸扩涨着，如河流之泛溢。

他这时并未忘了家。他常常对他父亲谈到家里的事。当家里的人一有信来，他便立刻拿给他父亲看。

他如此地伴他父亲在喜马拉耶的山峰上住了几个月，后来，他父亲叫一个仆人送他回家。他在这时期所受的他父亲的人格的感化与所得的自然的美景的赏赐，使他终生都印着痕迹。

第四章　加尔加答与英国

自从泰戈尔由喜马拉耶山回到加尔加答，他在家庭里的地位较前变了一个样子。他这次的归来，不仅是从旅行回家，而且是从他仆人的专制底下，回到他家的内室里去。当许多家人聚在他母亲室内时，他在他们当中已能占一好地位。黄昏时，家人都集在天井里，他是一个重要的发言者。以前，他在师范学校时，第一次在读本中知道太阳比地球大千百倍的事实，回家时，便惊喜地跑去告诉他母亲；现在他在这个黄昏的聚会中，又把他在喜马拉耶所学的天文学的知识，一一地都搬运出来。但使他母亲喜欢的乃是他说到已能背诵《拉摩耶那》的桑士克里底的原本，她说道："快把《拉摩耶那》的原文背诵几节给我听！"但是他所读的原文的《拉摩耶那》实在只有在读本中的几节，且已记忆得不大清楚。但他这时在这种的热心于她儿子的天才的母亲前面，却又没有勇气说"我已经忘记了"，于是只好就所能记得的参以自己的话读出来。她的喜悦之心，一时按压不住，便叫了他的大哥哥来，说道："你听拉宾（Rabin）读原文的《拉摩耶那》，他读得真好！"泰戈尔便在他面前读了几句，但他大哥那时正忙于自己的著作，并不热心听着他，仅说了声"很好"，便转身走开了。

　　他自游了喜马拉耶山，及得到入内室的权利以后，对于学校的生活，更觉得不欲再继续下去。他想了种种方法，逃避入学。他的家人不得已，只得把他换了一个学校，从彭加尔学院转到圣史卡佛（St. Xavier's），但结果也不见得好。他的兄弟们，这时对他都已失望，他的大姊有一天说道："我们都希望拉宾有成就；但我们的希望的幼芽，现在已遭摧折了。"这时，他家里还有一个家庭教师。他见泰戈尔对于规定的课程不感趣味，便为他解释《战神之生》及莎士比亚的《麦克伯》（*Macbeth*）。他初用彭加尔话解释《麦克伯》给泰戈尔听，然后叫他把它译出来。他同时还自动地读了许多彭加尔的书和杂志，常在日记簿涂抹了许多诗句。他很想成一个诗人。他的诗才渐渐地发展，他的教师及几个家里的人，渐渐承认他的天才；他在家中便得了诗人的称号。这时有一个杂志新出版，他的诗歌第一次被刊登在上面；他的散文第一次出现时也是载在这个杂志里。他著作的心很热切，有许多夜，他不睡眠，一个人在房里的微光下读书，远寺的钟声铿然而鸣。夏夜月明如昼的时候，他便如幽灵似的，在花园中的树荫下或月光中走着。

当他十六岁时，他的一个兄弟创办了一种杂志，名《巴拉特》（Bharati），他大哥做了编辑，他也参与编辑部的事；在第一号里，他做了一篇评论及一首名《诗人的故事》的长诗。

《巴拉特》出版后的第二年，他的二哥想把他送到英国去留学。他父亲答应了他。于是泰戈尔便随了他二哥到阿默达拔（Ahmedabad）；他的二嫂和侄子们这时在英国，所以他二哥在阿默达拔的房子是空着。泰戈尔觉得他自己的英文程度不好，便常取了一本英文书依赖字典的帮助，逐渐地读下去。自他幼时，他读书已有不求甚解的习惯。这个习惯所收获的果实有好有坏；他到了现在还受着它的这种影响。

在阿默达拔住了六个月，泰戈尔便动身到英国去。他以一个十七岁的尚未与外界交际的儿童，投身入英国社会的大海中，心里自有些惶恐。幸而他的二嫂和侄子在白里顿（Brighton），给他以不少的照应。

冬天到了。他们正坐在火炉旁边，孩子们忽然很激动地跑进来说道："下雪了，下雪了！"他们立刻跑出去。外面是异常的冷，地上满铺着白雪。这种自然是与他故乡的不同的。灰色的天空，洁白的雪，对于他都如一个梦境。

他的日子在快乐中过去。他二嫂待他很周到，他的两个侄子终日与他在一处游戏。这是他第一次把他的心交给小孩子。他心里充满了愉快与新鲜的感觉，他自己重与小童的天真的国土相接触。

这种境遇，不久便不能继续，因为他到英国来，目的在于学法律，成一个律师。他先进白里顿的一个公共学校，后来又移到伦敦，住在一个宿舍里。每天有教师来教他拉丁文。他的窗外，除了赤裸裸的脱叶的树以外，什么景色也没有。这种沉闷的生活，在泰戈尔是万难忍受的。

他的二嫂又叫他到台房萧（Devonshire）去。那里有山有水，有汪洋的大海,有满缀小花的草地,有青翠的松林,还有二个可爱的活泼的小伴侣。他眼中所见的都是美,心里所触的都是快乐。他常常带了伞,坐在海滨的岩上;绿波无际,海涛澎湃,晴日在微笑,松林的影子静谧地立着,他在写他的诗。

义务又来召唤他,使他不得不离了这里而回到伦敦去。这一次,他住在史格得博士(Dr.Scott)家里。史格得夫人看待他如自己的儿子。

他在伦敦住了几个月,他有一个兄弟要回家,他的父亲叫他一同回去。他得到这个召命,心里十分高兴;故乡的光明,故乡的天空似乎都静默地呼唤他。当他向史格得夫人告别时,她握了他的手,哭着说道:"你既然要走得这样快,为什么先前要来我们这里呢?"

第五章　浪漫的少年时代

泰戈尔现在是一个十八岁的少年;他饮着青春的酒,他的热情,他的感触奔驰而外放,他所见的仅是爱情与浪漫。同样的自然,同样的人民,同样的生活;然而现在对于他似乎都变了一个样子。他要知道,这是他自己变了呢,还是世界变了呢?不久,他便发现,他自己是先变,然后与他接触的世界也变了。他童年时代的神秘主义已经还给了森林与花与山与星。他现在已不是一个神秘者而是一个写实主义者了,有一个时期,他竟成了一个享乐主义者——穿着最好的时式的丝裳,吃着美食,做着叙爱情的抒情诗及其他文艺作品。

他和他家里的人,这时似乎都很隔膜。他在五十岁时,自己曾说道:"我自十六岁至二十三岁的一个时期的生活是一个极端的放浪与不守规则的生活。"但他这时所做的抒情诗,却都是极好的诗。

我跑着，如香麝之在林影中跑，闻着他自己的芳香而发狂。

夜是五月的夜，风是南来的风。

我迷了路，我浪游着，我寻求我所不能得到的东西，我得到我所不寻求的东西。

我自己欲望的印象从我心里跑出来，在跳着舞。

熠耀的幻象闪过去。

我想把它紧紧地握住，它避开我，引我到迷路。

我寻求我所不能得到的东西，我得到我所不寻求的东西。

泰戈尔在这时候，正是"闻着他自己的芳香而发狂"的时候。他在《快乐的悲哀》里又写道：

快乐睁开他的倦眼，长长地叹了一口气，说道："我在这样的一个明月满地的夜里，仅有孤零零的一个人。"于是所有他的思想，都放在歌声中——"我是怕孤寂的，我不见一个人来访问我——我是孤独的，我是孤独的。"

我走近他，轻轻地问道：

"你所希望的来安慰你的人是谁呀，快乐？"

快乐开始哭了，他说道：

"爱情，爱情，爱情，我的朋友。"

快乐又接下去说道："我愿意我死了,把我自己重生而为忧愁。"

"你为什么这样地绝望，快乐？"我问道。

"为什么，我是孤独的，孤独的，不见一个人来访问我。"

我问道："你喜欢看见的是谁呢，你心里所爱慕的是谁呢，快乐？"

他的眼睛中又闪耀着泪点，他说道：

"爱情，爱情，我的朋友，仅是爱情。"

快乐所要寻求的，正是他这时所要寻求的。

他是一个大哲学家，印度的精神的与爱国的领袖，一个歌者，一个戏剧家，一个编辑者，一个教育家，而超乎这一切，他却是一个"爱的诗人"（The Poet of Love）。爱情从他的心里灵魂里泛溢出来，幻化了种种的式样；母的爱，子的爱，妻的爱，夫的爱，情人的爱，爱国者的爱，自然的爱，上帝的爱，一切都在他的优美的诗歌里，曼声而恳挚地唱出来。他的歌声漾荡在天空之下，轻轻地触着人的心弦，深入地飞住在他们的心灵上，使他们快乐地笑着，脉搏几乎停止，眼里闪耀着泪珠。

他表白爱情，极为自然，因为他自己经历过一切爱情与生活的阶级。他经过爱的颤动，热情的奔流，失望的凄楚，默修的静谧。而在这少年时代所唱的恋歌，尤足以激动一切沉醉在青春的梦里的少年的心灵。

他的这些恋歌，曾引起印度的许多道德家的反对，他们联合而攻击这个少年的作家，他们怕泰戈尔的这些诗歌，要破坏印度的旧道德。即青年的人见他的甜蜜的恋歌也有不少引起反感。有一次，当泰戈尔的歌声，已经换了他的调子，许多人都忘了他少年的浪漫，而敬仰他若大圣时，有一个人在一个学校的宿舍里，唱着泰戈尔的一首情诗：

这里，我爱，这里来！走过我的这个乐园里，看我的花木在什么地方是美丽地开着。西风柔和地吹拂着，风中带着花的芬香。月光照着，一条银色的河，潺湲地流下林路。

一个少年叫道："你为什么唱这个淫词？"他告诉他说："这是泰戈尔的诗！"他更觉得惊奇，直到把原文拿出来给他看时，他才默然无语。

像这种的误解，是常常要发生的；这些举动仅足见妄施讥弹者的无识，至于伟大的作者，则固如日月之中天，他们的光明决不是微风所能吹得熄的。

泰戈尔这时候是最自由的；他脱尽了他家庭的传袭的主见。他随意地写诗，随意地毁了它；因他这时的诗大概都不是在纸上而是在石板上写的；他不是为了博朋友的悦乐而写诗，乃是如闲云之舒卷，流水之淙淙，完全为他自己的快乐而写的。他在《我的回忆》里曾说："石板似乎对我说道，'不要怕，写你自己所喜欢写的，擦一下，就可以都拭去了。'我如此地写了一二首诗，毫不受拘束，我觉得极愉快。我心里在说道：'我所写的东西，终于成了我自己的了！'"在别一个地方他又有一段话提到这时的情况：

"在我做诗人的历史中，这个时期最使我留恋。从艺术方面看起来，《桑底亚·桑吉特》（Sandhya Sangit）也许没有什么特殊的价值，因为这一集里的诗都是未成熟的。它的文字与思想及韵律，都不能表白得确当。它的最好的功绩乃在能表现我的自由的、不受拘束的思想。所以，虽然在批评家看来毫没有价值，而在我看来，那快乐的价值却是无限量的。"

在诗的内容以外，泰戈尔这些情诗的韵律与风格也受了当时批评家的不少的攻击。他们以为泰戈尔的诗，把彭加尔固有的格律破坏了。但这种论调，现在也已销声匿影了。泰戈尔对于彭加尔文字之所以有大功，即在于他之引用了许多新的优美的韵律与新的活泼的形式。现在的许多彭加尔的少年诗人，差不多都是受了他的感动，而努力去模仿他的作风的。

泰戈尔很早地就成了一个著名的戏剧家。他家里的文艺空气很浓厚。他论著完了一本剧本，即可在家里聚了几个同嗜好的人把它实演起来。他自己也参与在他所著的剧中，当其中的人物之一。他最初在十四岁时，即已著了一部歌剧，名《巴尔米基·柏拉底瓦》（*Palmiki Prativa*）。此后继续做了许多这一类的剧本。他们自己著作，他们自己歌唱，他们自己演做。在这种的快乐空气中，他度过了他的二十岁。有些戏剧批评家说，如果泰戈尔愿意到舞台上去，他一定可以成一个彭加尔的最伟大的伶人。

他从英国被他父亲叫回来后，许多人都以为他不能在英国学法律，是很可惜的事，都叫他父亲再送他到英国去。这个第二度的远行，果然不久便实现了。与他同行的是他家里的一个亲戚。但他们走到中途，又因事折回了。法律的神似乎阻止他入门。

当他受批评家的种种攻击时，他得了一个很重要的朋友，使他鼓励起精神，不顾一切，迈步向前走去，在诗国中成就了许多伟大的高尚的功绩。这个人就是彭加尔最伟大的小说家却脱柏西亚（Bankim Chandra Chattopadhys）。他们第一次的遇见，在一个政治家、历史家与小说家杜特（Romesh Chandra Dutt）家里的结婚宴会里。杜特为要向彭加尔最伟大的作家致他的敬意，特以一个花圈套在却脱柏西亚的颈上，却脱柏西亚立刻把这花圈从自己颈上脱下，把它放在泰戈尔的颈上，说道："这个花圈应该给他——你没有读过他的《桑底亚·桑吉特》么？"杜特道："没有读过。"于是却脱柏西亚便举出这诗集里的许多好诗，极端地赞颂它们。这样的出于意料的荣遇，使泰戈尔眼中满含着快乐的感激的泪。他忘了所有从平庸的批评家那里受到的苦痛，认识了他自己的天才与地位。却脱柏西亚的这个荣典，对于泰戈尔实比诺贝尔奖金（Nobel Prize）更光耀万倍。

泰戈尔的少年期，虽曾如上所述，沉浸于肉感之中，高歌着恋情的调子，但他的精神的灵的感觉，究未完全在他心上拭去；他的心还时时地受这两个潮流的冲击。即在他受肉的感官的诱惑最甚的时候，灵的光明仍然还熠熠地在他心里头照耀着。

这两个肉的与灵的潮流的冲突的经过，在他的长诗《爱人在夜与在早晨时》里能够充分地表现出来。

第六章　变迁时代

泰戈尔的浪漫的少年生活，到二十三岁时告了终止。他这时候正与一个女子结了婚。灵的感觉，渐渐地在心里占了优势。他渐渐地舍弃了他的清新的恋歌的调子，而从事于神的赞颂。可爱的神，已把她的面纱落下了。

清晨的时候，我在自由学校街上看日出。一层纱幕放开了，我所见一切的东西都清明起来。全部的景色是一部完美的音乐，一部神奇的韵律。街上的屋宇，儿童的游戏，一切都似是一个明激的全体的一部分——不能表达的绚丽。这个幻景继续了七八天。每个人，即那些吵扰我的人，也都似失掉他们人格的外层墙界；我是充满了快乐，充满了爱，对于每一个人及每一最微小的东西……在自由学校街上的那天清晨是第一次给我以内在的幻景的事物之一，我想把它表白在我的诗里。从那时候起，我觉得这就是我生活的鹄的[1]：表白出人生的充实，在它的美丽里。证明其为

---

[1] 鹄的（gǔ dì）：箭靶的中心；练习射击的目标。此处指目的。

完整的。

这就是他看见放下面纱后的神或自然的经过。

在这一天,他做了一首诗,名《泉的觉醒》,这首诗在艺术上虽不能算是极高,却足以极表显出泰戈尔那时的内在的情绪与他的个性。

我不知我的生命经历了这许多年以后,到今天怎么还会有这样的一种觉醒。我也不知道,在清晨的时候,太阳的真光怎么会射进我的心,或那晨鸟的音乐怎么会钻入我心房的黑暗的最深处。

现在,我的全心身是觉醒了。我不能制御我心的愿望。看呀!全个世界连基础都颤震着,峰与山纷乱地卓列着;带着水沫的渡浪在愤怒地汹涌着,似乎要撕裂这个地球的心,以报禁制它自由的仇怨。大海受了朝阳之光的接触,表现着喧哗的狂乐,意欲吞没世界以求它自己的充满。

呵,残酷的上帝!为什么你把大海也禁制住了!

我——自由的我——将瀑布温润于我的四周。我手里握着松散的发和鲜花。带着使日光为之朦胧的光采,将附了虹霓的羽膀,从这个山游行到那个山,从这个星球游行到那个星球;或者我将变形为河流,然后从这一国流行到那一国,唱着我的使命,我的歌。

不可解的事发生了,我的全心身为一种觉醒所苦,我听见大海在远处的呼声。是的,它的呼声!它的呼声!大海的呼声。然而,然而——在这个时候,为什么所有的墙都围绕了我!我的心仍旧听见那呼声在说着:

"谁愿意来?谁愿意来?那些愿意来的,在冲破石墙的范围以后,在以爱情温润了坚刻的世界以后,在冲刷森林使之成新绿以后,在使花朵盛放以后;在以你的生命的最后的呼吸安慰世界的碎心以后——如果那时谁愿意进到我的生命里,那么,来吧来吧。"

我来,我来——他在什么地方,他的国土在什么地方?我不管,我将倾注我生命的最后的一滴水在这个世界上,我将唱着温柔的歌;而我的为热望所击的心也将以它的生命与远处大海的生命相合。于是我的歌声将终止了。

但是又是堤障,堤障围绕在我的四周!这是怎样的一个可怕的监狱!让一下一下地击着,击破这监狱;因为今天晨鸟在唱着奇异的歌,太阳的晨光也已射进我的心中。

他的这个歌,虽然写完了,他的这个内在的幻景,却永不曾在他心上拭去。这种新的觉醒使他的情绪更为深挚,思想更为深刻,成了一个伟大的世界的诗人。

当这个新的觉醒的热情已冷了些时,泰戈尔又做了一首诗,记述他在这个时期里的生活的经过;这首诗名《复合》(*The Reunion*):

自然母亲!在我孩童的时候,我常在你亲热的膝上游戏,且很快乐。后来,事情发生了,我飘游到外面去,飘游得离你更远更远了,我进了我少年之心的无垠荒野,而且迷了路。没有太阳,没有月亮,没有星球,什么星都没有。包围在西麦林(Cimmerian)的黑暗中,那地方的秩序纷乱着;我是唯一的一个夜间的旅客。

我弃了你在后,亲爱的自然!走进那荒野,消磨了许多许多不安舒无休息的时日。

但是现在,一只小鸟已指示我出那荒野而到那无尽际的幸福之海的岸的道路了。

　　花开着,鸟又在飞着,天空又和着四周的乐声而歌。生命的波浪四处起伏着,日光似在他们上面跳舞。

　　和风吹拂着,光在四处微笑,无垠的天空在他们上面望着。我又看看我的四周,看望自然的神奇的表现。

　　有的走近了我,有的称我为"友",有的要和我游戏。有的微笑,有的唱歌;有的来,有的去,呵,是怎样的一个不可表白的快乐的全景呀!

　　自然母亲,我很明白,你在这许久以后,又寻着我,你的失去的孩子了。那就是你把我在亲爱的抱在怀里,开始唱你的森严的富于和谐的音乐的原因;那就是和风向我吹来,再三地拥抱着我的原因;那就是天空异常的快乐,把他的清晨照在我的头上的原因;那就是从天平线的东门来的云片这样注意地凝视着我的脸的原因;那就是全宇宙再四地招呼我,把我的头埋藏在她的胸前,仅在她的胸前的原因。

　　从这首诗里,我们可以十分明了泰戈尔对于自然母亲的情感是如何的亲切,并可见他对于他自己少年时代的浪漫行径是如何的悔恨。

　　但他对于自然的爱,虽如此地热烈,而对于人间的爱却并不因此减少。他并非遁世厌世的人,乃是入世爱世的人。在这里,他便与印度的古代的圣人绝对不同。乔答摩(Priwe Gautama)听见了自然的呼声,他即刻离了世界,弃了他一切所有的,成了遁世者,成了释迦;茶旦耶·狄孚(Chaitanya Dev)听见了这个呼声,他也离了他的爱母,离了他的妻与子而去修行。但泰戈尔听见了这个呼声,却使他对于世界更为接近;他的对于自然的爱,成熟而为对于千百万的被压迫的与被损害的人的爱。看他的下面的一首诗，便可以明白他的对于人间的爱恋与对于修行遁世者的反抗态度：

中夜的时候，一个要做修行者说道：

"现在是我弃了我的家而去，寻求上帝的时候了。唉，谁蛊惑了我，使我留住在这里这许久呢？"

上帝微语道："我。"但那个人的耳朵是被塞住了。他的妻子，躺在床的一边，和平地睡着；一个婴儿睡在她的胸前。

那个人说道："什么人愚弄我这许久呢？"

那个声音又说道："就是上帝。"但他并不曾听见。

婴儿在梦中哭起来，更紧地靠近于他的母亲。上帝命令道："停止，愚人，不要离开你的家庭。"但他仍旧没有听见。

上帝叹了一口气，诉说道："为什么我的仆役要飘游地去找我，去寻求我呢？"

他的父亲大哲人特平特拉那斯·泰戈尔忙着解决第二世界的问题。但是他，诗人泰戈尔，却努力爱这地球，爱这地球上的人类，想合天与地而为一。

他之爱世界如一个守财奴之爱他的金钱。他甚且疑惑到天给幸福于地上的生命的能力。他说道："呵，我是怎样地爱这个世界呀！它静静地躺着。我觉得似乎拥抱了它和它的一切的绿树与鲜花，河流与平原，清晨与黄昏。我常常在诧异，天空它自己是否能给我们以所有的幸福，使我们在这个世界上快乐。天空怎么能给我们以所有的东西，如这种正在长成的人类的宝藏，这样充满着温柔、怯弱与爱情的么？……它似乎在我耳边微语道：'我是神的女儿，但我没有他的能力；我爱，但我不能保护；我能够开始，但我不能完成；我给人以生，但不能救之于死的手中。'这个无帮助，这个怯弱，这个不完全，与这个不能与爱分离的消损的焦切之心，使我嫉妒天空，而我之爱世界因此更甚。"

在这个时候，泰戈尔已有三十岁左右了。他的人世间的经历愈深，他饮了人类的欢乐与哀悲的酒愈多，则他的对于上帝与自然与世界的情绪愈为沉挚深刻，他这时候所做的与以后所做的诗歌，所发的乐音虽然复杂，而他的琴弦却仅有一条，即上帝的爱。天上的日月与星辰，地上的绿树与花朵，都对着上帝述说他们的爱。有许多崇信上帝者读了他的歌，泪真在眼中溢出，还有许多祈祷者，在他们早祷，晚祷，午祷的时候，以他的诗歌当作赞美诗唱。

他的诗集《白拉摩·桑格特》（*Brabmo Sangits*）是这时所做的宗教诗的集子。这个集子出版时，他已成为彭加尔人崇敬的中心。批评家的箭头，已永不会再向他放射了。

他的英文的诗集《吉檀迦利》（*Gitanjali*），即系包含他所做的宗教诗的一部分的集子；当这诗集在英国出版时，不仅感动了以热忱介绍这诗集的诗人夏芝（Yeats）[1]，且感动了全英国的人，全欧洲的人。北方的瑞典立刻将"世界诗人"的名誉供献给这个彭加尔的伟大的作家。这些宗教诗，不仅是达到泰戈尔的抒情的兴灵的天才的最高峰，且实为世界文库中一种最希贵的诗的及神秘的作品。

许多年以前，他的父亲曾读了他的一首儿童时所做的宗教诗而笑起来。这件事，泰戈尔到这时还不曾忘掉。但在这个时候，这个印度的大哲人似乎也受他的儿子的这些歌声所感动了。他忽然叫他的儿子到他住的地方来，要听他唱他所做的歌。于是他便唱道：

---

[1] 夏芝（Yeats）：通译叶芝，爱尔兰诗人、剧作家和散文家。

我的眼不能见你，然你却常常在我眼前。我的心不能感到你，然在沉默中，你却使我觉到你永远都在那里……

没有朋友的人与被弃的人都能常常觉得你，觉到你的爱。即那无家的漂泊者也可以在你为我们全体而建的一所屋里住着而得到安慰。

他的父亲听完了这首诗，便带颤动的声音感动地说道："歌是超绝的，我已认识了你的天才。"于是这老人便给了他儿子一束纸。诗人泰戈尔解开这些纸，得到一张五百卢比的钞票。这就是他因他的诗歌得到的第一次的诺贝尔奖金。

第七章　旅居西莱达时代

诗人泰戈尔的长兄特威琴特拉那斯，是一个大哲学家，前面已经提过。他对于实际的事务方面，毫不注意。他父亲叫他去管理他的乡间的产业。他到了那个地方不久，立刻便觉察出农民的穷苦。许多农民都跑来诉说他们的苦处。这位哲学家受了很深的感动，便打了一个电报给他父亲，叫他寄钱来帮助穷苦的农民。他父亲以为一个良好的管理员，必须使地主与农民各能满足。所以他把特威琴特拉那斯叫回来，换了他最少的孩子，诗人泰戈尔去管理这些产业。

这位少年诗人，管理这些产业的时间很久。他常常住在一只家艇里，泛泊在柏特玛（Padma）河及它的支流上面，与自然密切地接触着。他对于自然的各方面，都观察，研究，恋念，爱惜。下面的两封信是他从西莱达写的，叙述他那时的在家艇里的生活及他对于柏特玛河的爱恋极详：

我现住在我的家艇里。这里我做了我自己及我时间的超绝的主人。那只家艇如我的旧大衫一样——异常地舒服。我在这里，喜欢怎样想便怎样想，且随着我自己的心意去幻想，要读多少书，做多少文字也随我的喜欢做去。我坐椅上，足放在桌上，我的心灵，沉泛在这天色斑丽、光明晕照的暇日里了……实在的，我非常亲爱这个柏特玛河，它是怎样的荒芜，怎样的旷远无垠。我觉得如骑在它的背上，爱恋地在拍着它头颈。……我不再愿意在众群舞台的足灯之前做一个角色。我倒愿意在我们住在这里时的所有的明亮的时日里，于沉默孤寂中，尽我的责任。这里的人并不特可注意，但自然却伟大而庄严。……当我在乡路间走着时，我把人也当作自然之一物了。河水流经许多奇异的地域，人道的水流也是如此，它从它的各支流里流着，经过浓密的森林，寂寞的草地，繁华的城市，常伴以它的神乐。让河流唱道，"人时来，人时去，但我则永远流着"是不对的——因为人也是永远循着他的千百支流永远地走着的，它的一端连在生之根里，而其别一端则入死之海里——而全部则被包围在神秘的黑暗中：在这两个极端中间，躺着生命、劳动与爱情。

我在没有旅游柏特玛河之前，很怕因为常常相伴之故，我对于她不能觉得有趣味。但当我一浮泛在河上时，我的一切疑虑都消失了。水波汩汩，船身微荡，天空光洁，柔绿的水灏莽，河岸上树林的枝叶新鲜，——颜色，音乐，跳舞，及美丽集合而使自然的高超的和谐，照耀着光彩。所有这一切在我心里惊醒了一种敏锐的趣味与沉挚的愉快。

这个恒河之女，及它的两岸的广漠平原的影响，都反映在泰戈尔所有的以后的著作里。他在这里，使他的"黄色彭加尔"穿上了理想的衣衫，且给他以在生命的真实里的无限之前的一种深沉的意义。他在一封信里，曾说起他对于彭加尔的恋爱：

每天晚浴之后，我必沿河走了许多路。然后我便在我的舢板上设了一个床，我的背平躺在床上，在黄昏的沉静的黑暗中，我自问道："我来生还能够生在这样的多星之天的底下么？我来生还能够这样地躺在一只舢板上，在我们的黄金彭加尔的哥拉河上么？"我常常怕我也许永远不能再有机会在这样的一个黄昏里愉乐着。我也许会生在别一种环境里，心灵的感觉，与现在完全不同。我也许能遇到这样的一个黄昏，但这个黄昏也许已不会这样亲热地躺在我的胸前，以她的松散的黑发蔽盖着我了。我最怕我将来会生到欧洲去。因为在那个地方，我将不能这样地躺着，以我的全身体全灵魂都向上望着。在那个地方，我也许要在工厂，银行或国会里作苦工。因欧洲城市里的街道都是用坚石，砖头及水门汀铺设，便于商业及运输，所以人的心变了坚硬，而最适于商业。在他们的坚石所筑的心里，决无丝毫的空地以植柔美的藤蔓，或一叶的无实用的绿草。

他如此爱恋彭加尔，如此地亲切地抚摩着彭加尔的绿河与青山与多星的天，闲暇而自由的生活，使他唱出一首超绝的《黄金彭加尔》的歌：

我爱你，我的黄金彭加尔，因为你的天空和你的空气常拨动我心的弦。

　　春天的时候，你的檬果树呼吸出花朵的狂香，秋天的时候，你的已收获的田野，在享用的祝福里微笑着。亲爱的母亲！呵，你的爱，以如此华丽的装饰，衣被了河的两岸，树的荫影，你的爱真是不可表白的温柔呀。母亲，你的唇的呼吸接触着，没有什么东西在我耳朵里比之它更为甜蜜。当我注意到你脸上最少的至情的痕迹时，我的眼睛里即浮泛着泪水。我童年的时候，曾在你的游戏室里娱乐过，现在，当我一接触到你的尘土的微粒时，我便觉得幸福。

　　黄昏的时候灯火在室内亮着，我放下我的工作与游戏，跑到你的亲爱的膝上来。在乡村中，家牛和善地凝视着到渡口的沿路的田野，鸟儿快乐地在枝头歌唱着。——树枝投射它们的阴影，以慰安日中的灼热，天井里照耀着割来的谷稻的堆束，我度过我生命的日子，觉得和你的牧童及农民是兄弟。

　　母亲，我虔敬地低下我的头，沉在你的足的尘土中，我见到他们比见到金刚石及翡翠的尘土还要宝贵；我预备供献我所有的一切，在你足下。

　　当印度的新的国民运动开始之后，泰戈尔的这首诗曾时时地被他们带着新的热忱歌唱着。

　　当这个时候，泰戈尔见到真可算是沉醉在自然的慰爱中的了，但同时他又开始尝到人世的悲苦，这便是他与农民接触的时候。他在农村中，见到了许多的专诚朴质的农民，深受他们纯朴的精神与虔心的理想主义的感动，常常给他们以物质上的帮忙；正直而慈悯地管理他们。他自己又研究起家庭药学，帮助他们有病的人，无论日夜，一闻有人病了，他便带了药具，自己去看望他们，给他们以药。因此，他与农民的接触愈为密切。然而他们的疾苦与无助更使他在睡梦中都觉得不安。在下面的一封信里，足以表白他的对于农民的同情。

当我对印度农民观察时，我心里觉到忧愁。他们是如此的无助，好像是地球母亲的婴儿们。她如果不用自己的手去喂养他们，他们便要挨饿了。当她的胸干燥时，他们便号哭着；如果他们得到一点东西吃，他们便又立刻忘了一切的过去的苦恼了。我不十分知道社会主义者要求财产的分配究竟是否可能。但是，它如果是绝对不可实现的，那么，上帝的法律真是残酷，人类真是无助的不幸的了。如果忧愁要住在这个世界上，让它住着吧，但必须有几线可能的光明，使人的更高尚的天性，可以奋斗，可以希望，而将这样的情形改进。有些人述说一种极残虐的理想，以为在人类之中，要求生活需要分配的可能，实是一种梦想，又说，有些人是命运注定了要饿死而无可救药的。这至少也可以说是一种残酷的理想。

他在一八九三年七月四日，从他们家艇中写了一封信，这信也足以看出他的对于农人世界的苦闷的感觉："这里有大水。农民割了未熟的稻，用船载回家去。我听见他们的叹息与忧愁的诉说。当这次水灾来时，稻田都快要成熟了。不幸的农民所希望的不过是能有几粒好谷在谷堆里而已。

"在宇宙的工作里，慈悲必定有在什么地方，不然我们怎么能够得到它呢？但去寻它的寄托的地点却极不容易。几千万无辜的不幸的男女的怨郁，没有高级法庭可以告诉。雨随着它的喜欢落下，江河随它的愿意而流去，没有人能够从自然那里恳求及得到挽回。我们安慰我们的心说，这问题是在意想以外的。——然而我们却同样地体验到在造物的难测的法律上还有些慈悲和公平。"

他如此地与农民亲切地同住着，又把财产征收的方法改革过，成绩较他的大哥大有进步。农民爱戴他，恋念他，收税的人也受了他的道德的感化，贿赂已成了过去的东西。几年以前，泰戈尔手下的一个收税人，私自受了一个卢比的贿赂，他立刻觉得十分地不安，向泰戈尔忏悔自己的行为；泰戈尔也并不追究他。

泰戈尔对于农民的恩惠与同情，及他的想改善农民生活的企图，在农民方面固然十分地感激他，使他的名字深深地占领在他们的心里，然而这个地方的英国官吏却也深深地生了嫉妒及猜疑之心，时常以种种的方法阻碍防止他，正如前几年他因为为他的学校聘请了一个爱国诗人做教师而大受印度总督的猜忌一样。

在西莱达的许多年里，泰戈尔的文学收获很丰富。他的大部分的短篇小说都是在这个地方写的，他的诗歌在这时也出产了不少。

第八章　泰戈尔的妇人论

泰戈尔帮助了他父亲做了许多关于社会，宗教及政治的改革的工作。他对于用教育来提高印度妇人的地位的事业，尤为注意。他绝对不相信妇人的劣等说。他表同情于孔德（Comte）的话："无论男性或女性，都有其他一性所无的东西，每一性补足其他一性，也受其他一性的补足；他们没有相同之处，两性的幸福与完美即在于此性要求或领受彼性所仅能给与的东西。"

在近代女权运动未发生之前，他已有一种公平的主张。他虽然不大相信妇女参政，但他却以为：如果男子在政治上能尽他们的责任，女子即完全没有选举权也不要紧。但是当男子不能实行他们的义务，不能正当地统治时，则女子出来要求选举权是公平的举动。在二十几年以前，他有一封信，讲述他的妇人论甚详：

　　我想了一会之后，得到一个结论：在男子的生活里没有那为妇人生活的特质的充实。妇人的言语，衣服，态度与责任，都是一种统一的继续。这个主要的原因，乃在于许多年代以来的自然，已经决定他们的活动的范围。这些时候内，在文明的理想上，并没有什么变迁，革命，或转移，足以引导妇人离开他们的继续的路的。他们所有的事是工作，恋爱，安慰，再没有别的事了。这些功用的技能与美丽，愉妙地混在他们的形体、他们的言语及他们的举止上。他们的活动的范围，和他们的天性已互相合在一起，如花朵及它的芬香一样。所以充溢于他们之中的只有和谐。

　　男子的生活便有许多不安定的地方了。他们经历各种的变迁与工作的过程的记号，是很显著地印在他们的形体与天性上的。前额的异常突起，鼻部的丑异的耸出，颌骨的不美的发达，在男子是很普通的，在妇人则不然。如果男子这许多年代以来，都沿了一条路走去，如果他被训练去做同一的工作，那么，男子便会有一个范式发生了，他的天性与工作，也会包笼在和谐之中了。在那种情形里，他们便不会去这样辛苦地思想着，奋斗着以完成他们的责任了。各种事件都会非常平顺而美丽地做去了。于是他们便发达了一种天性，他们的心灵也不会以最少可能地激怒，而即飘游开责任的路了。

　　自然母亲铸造妇人于一个范式里。男人则没有这种原始的束缚，所以他不向一个中心观念而发展他的充实。他的歧异的不驯的热欲与情绪，站在他的和谐的发展的路上。韵律的束缚是诗歌的美的原因，同样的，定律的音韵的束缚也是妇人的所有的充实与美丽的原因。男子像不联络的怪异的散文一样，毫不和谐，毫不美丽。那便是诗人常以歌声，诗，花与河水来比妇人的原因；他们永不会想到以这些东西来比男子。妇人如自然界里的最美丽的东西一样，是联合的，是平均发展的……是受美丽的束缚的。没有怀疑，没有相违的思想，没有专门的辩难，能够破坏一个妇人的有韵律的生活。妇人是完善的。

东方与西方的妇人的地位的高低，是当引起辩论的一个题目。基督教里的人不明白印度社会组织的精神，他们以为印度妇人的命运是很悲惨的。印度的守旧者，则毫不明了印度以外的世界的情形，以为印度妇人的生活是极幸福的。但是泰戈尔则不然，他对于两种社会的情形都很熟悉，他看出两方的妇人都有好处与坏处。唯有施以适当的教育，才能矫正那些坏处而发展那些好处。他以为欧洲文明的进步，适足陷妇人于日益不幸的地位。男子受生活的压迫，都不愿意有家庭的负担，孩子一长成，便也立刻离开他母亲而不一反顾。所以西方的妇人，不得不违反他们的天性，到社会里去求工作，求生存。泰戈尔以为这个社会和谐的破裂即欧洲妇人所以要求男女平权的主因。妇人既不欲在家庭，于是欧洲的家庭便渐渐地消灭，而旅馆则日见其增加。男子以马，以狗，以枪，以烟管，以游荡为娱乐，所有他们工作的钱，都耗在自己身上，而妇人的和谐生活，渐渐地被其破坏，她们对于这种生活环境的变迁，显然地还未十分习惯。其结果则为不安与艰苦。至于印度妇人则不然，她们使印度的家庭微笑着温柔，甜蜜与爱情。男子和治家的女子，住在一起觉得快乐，女子们也永不曾诉过苦。英国人在理想中，以为印度妇人是极苦的。泰戈尔以为这种思想正如水中的鱼类，以人类在陆地上的生活为不好，而欲发慈悲之心，引人类到海的深处去。英国人看见印度人的朴质生活，看见他们的小屋，他们的粗木的器具，油的土灯，绳结的床，棕叶的扇子，总悲悯他们的生活，总以为印度的妇人是男子的奴隶。然而在实际上，印度的男子与妇人的生活是一模一样的。他们虽没有沙发，没有美丽的舒适的家具，但他们却相信着。他们喜欢爱情与家庭生活较甚于一切物质上的享乐。至于西欧的人，则喜欢生活的快乐与家具，似乎较家庭与爱情为尤重。

他的关于女性的哲学，在他的诗剧《齐德拉》（Chitra）里，发挥得很详细。

第九章　国家主义与世界主义

泰戈尔父亲的一个彭加尔的朋友，偶然写了一封英文的信给他，这位大哲人，把原信退了回去，并不回答他。为什么一个彭加尔人写信给彭加尔人，要用英文写呢？这就是国家主义。泰戈尔自幼即受了这种爱印度与印度文化的教育。在少年的时代，他和几个爱国的朋友，常常秘密地集会在一处，闭了门，低声地谈着，讨论印度的实业与政治的改革方法。他因为要养成勇敢的精神，常出去打猎，故意去做劳苦的事。他写了许多崇颂爱国的与自己牺牲的诗。当他的兄弟约特林特拉那斯（Gyotridsandth）组织了一个轮船公司，与英国的一个公司竞争时，泰戈尔曾极热忱地帮忙过他。他出去讲演组织的重要，宣传国家主义的福音。当他相信着"一国的诗歌，绘画及音乐灭亡时便是这个国家的灭亡"的话时，他便专心去做一个诗人以重兴印度。

泰戈尔诚然是一个印度的国家主义的诗人。如果突然地有了一场天灾，把泰戈尔所有的哲理深邃的论文，所有的专门的历史的解释，所有的激动心灵的短篇小说，所有的有力的比譬的戏曲，所有的布局谨严的长篇小说，所有美丽动人的抒情歌谣，一切都毁灭了，而住在印度的人，仍然会记起这个大诗人的，因为他的国歌使印度人的口永远不会忘记了他们。他的国歌，具有印度生活的不朽的印记，印度的名称，存在一天，他们即有一天的影响。

欧洲的史诗与抒情诗是不常深住于群众的心中的，印度则不然，他们的诗歌，大概多以口相传的。所以泰戈尔的爱国诗歌，几乎没有一处不在唱着。清晨的时候，朝阳耀着它的金色的光彩，便有许多人在路上唱着这些歌，唤人醒来，加入对于神与祖国的祈祷。午潮满涨的时候，牧童在榕树的四布绿影底下游戏，他们也对着他们自己。对着枝上的鸟，田野中的牛唱着这些诗歌。当印度的景色浴在落日的淡光中时，船夫向下游驶去，农夫肩锄回家，——他们又都在唱着泰戈尔的这些国歌。他们在国家的国会与会议里唱着，在王子的宫中，乞丐的口中唱着，在结婚时与祈祷时唱着。

有些批评家以为泰戈尔的国歌未免太软弱了，似仅适宜于印度的现在的应用。这是实在的，他没有火焰一般的热力，没有瀑布一般的涌涛；这也是实在的，他的国歌所能引起的仅是较柔和的情绪。没有钢锐强毅的反抗精神。然而印度的精神原是退让的。当他们唱道："你的祖国在竞斗着，在受苦着，唉！她在饥饿着，仅有肯尽责任的儿子才能解母亲的忧呀！"其影响实较唱"醒来，快起来，战胜，而且把压迫者的暴力冲到地下去"为更大。泰戈尔的国歌即是具有前者的精神的。他把祖国理想化了，他用许多种的方法来说明她，在读者的心中起了许多种的热情。他叙她的金浪起伏的稻田，她的微笑而芬芳的花朵，歌唱着的鸟，潺潺着的溪流，以及尖耸的山峰，甜蜜的家庭，而笼罩以热情的爱感。他唱道：

  我的祖国，我对你供献了我的身体，我为你牺牲了我的生命；我为你而哭泣；我的音乐也将歌唱着为你而祈祷。
  虽然我的臂腕无助而且无力，而他们仍将为你，仅仅为你的缘故，而去做事；虽然我的刀不庄严地污锈了，而它也仍将斩断束缚你的链子的，我的甜蜜的母亲。

  在几任的英国的印度总督，想摧残彭加尔的爱国运动的精神，采用了俄国式的告密及审判制度。泰戈尔的歌鼓动起爱国者的精神。他的歌感发青年人的灵感，使他们为祖国而受苦，而牺牲，而微笑地走上断头台。有一个印度的爱国者，当他受死刑时，他口中还唱泰戈尔的下面的歌：

  兄弟，不要灰心，因为上帝并不曾在睡。
  绳结愈紧，你的受束缚的时期也将愈短。
  咆哮之声愈高，你也得愈快地从你的酣睡中醒来。
  压迫的打击愈厉，他们的旗帜也将愈快地与地接吻。
  不要灰心，兄弟，因为上帝并不曾在睡。

  当印度的青年爱国者为了爱国之故，受尽了各方面——他们的朋友，亲戚，甚至他们自己的父母——的压迫与嫉视时，他们又在泰戈尔的《跟随着光明》的那首歌里，得到了鼓励，与感发的甘泉：

如果没有人响应你的呼声，那么独自地，独自地走去吧；如果大家都害怕着，没有人愿意和你说话，那么，你这不幸者呀！且对你自己去诉说你自己的忧愁吧；如果你在荒野中旅行着，大家都踩躏你，反对你，不要去理会他们，你尽管踏在荆棘上，以你自己的血来浴你的足，自己走着去。如果在风雨之夜，你仍旧不能找到一个人为你执灯，而他们仍旧全都闭了门不容你，请不要在心，颠沛艰苦的爱国者呀，你且从你的胸旁取出一根肋骨，用电的火把它点亮了，然后，跟随着那光明，跟随着那光明。

还有两首为祖国而祈祷的诗，也引起许多人的热情：

其使我国的土地与江川，空气与果实成为甜蜜的，我的神。
其使我国的家庭与市场，森林与田野都充实着，我的神。
其使我国的允诺与希望，行动与谈话成为真实的，我的神。
其使我国的男女的生命与心灵成为一个，我的神。

彼处心是不恐惧的，头是高抬着的；
彼处知识是自由的；
彼处世界是不被狭窄的局部的墙，隔成片片的；
彼处言语是由真理的深处说出来的；
彼处不倦不疲的努力，延长手臂以达于"完全"；
彼处真理的清澈的川流是不会失路而流入"死的习惯"的寂寞的沙漠上的；
彼处心灵是被你导引而向于"永久广大"的思想与行动的——
我的天父，其使我国警醒起来，入于那个自由的天国里。

泰戈尔之所以宣传着，呼喊着，要求大家努力以取得的即是那个自由的天国。"朋友们，现在已不是睡梦的时候了，合力工作的时间已到"；"如果你希望生活，且在这个世界上命令尊敬，第一先要预备为你的祖国牺牲你的生命"。

他的爱国的诗歌，所孕蓄着的是爱恋，是鼓励，是牺牲的精神，但却丝毫没有愤怒，嫉妒，或厌憎世界上任何人的暗示。这是他与一切标榜"铁与血"的急进的爱国者不同之处。因此许多人多反对他的主张，更激烈些的，则常常地骂他。有一个在美国的印度留学生曾说道："我不高兴见泰戈尔的脸，我不欲走过街与他相见。即一个贩卖印度货的不识字的商人，为了要虚价而入狱者，也比这个大诗人高等些——他实是一个道德的懦怯者，食了自己的话，然后去休息。"然而深知他的人，却很原谅他，知道对于上帝的爱与祖国的爱，是他的生命里的两个主要的特色。上帝是他永久的伴侣，祖国则是他常常想到的目的物。不过，他并不是一个浅窄的印度的国家主义者，而是一个世界的国家主义者——一个世界的人道主义者罢了。他的世界主义是已达了"完善"之巅的。他是一个二十世纪的理想者，相信人类的一体，因其分而益显其繁富。他以为人类是超乎一切国家之上的。国家的，种族的各种分子，以及他们在人类社会里的合作是宇宙和谐的发展的要素；正如人体的各类机关，他们的区分与合作，为人的健康的发展的要素一样。他想，玫瑰花的使命在于开放花瓣以互相分别，同样的，人类的玫瑰的美丽也因不同的国家与种族之达到他们最完全的特质之点，同时又以爱情的带附着于人类的干上而达到完全之境。那就是东与西的生活所以不同，东与西的使命所以不同，而他们的最后目的又是相同的缘故。他有一次在英国人与爱尔兰人联合欢迎他的宴席上说道："虽然我们的言语不同，我们的习惯不同，而在根底上，我们的心是一个。……东是东，西是西，但这二子必相遇于友爱，和平与互相了解之中，他们的遇合且将因他们的不同而更为有效果；它必会导引这二子在人类的公共祭坛之前行神圣的婚礼。"

第十章　和平之院

泰戈尔在一九〇七年时，即与实际的政治与政治运动断绝关系，远在这个时候以前，他的内心里，感到一种变迁的光，这个变迁要求因印度的再造而为更完满的牺牲。他不注意于政治，经济及其他，而欲用教育的改造为印度改造的基础。充满了自由与爱的教育不仅能发展智力与道德，而且能造成一个精神的人。他最反对强迫的注入式的教育；他以为教育的全步程，应该愈简易愈自然愈好，务使儿童受最少的痛苦。为要实现他的主张，他便在鲍尔甫（Bolpur）办了一个学校，校址即为以前他的父亲用来静修的"和平之院"（Shantiniketan）。经济与社会的批评，常为他的计划的阻碍。但他的父亲却很帮助他。他的精神也极坚定，决不因外界的影响而自馁。一九四二年，这个学校便开始成立。最初仅有三四个学生。泰戈尔自己的儿子是第一个入学的人。他自己有关于这个学校的一段话：

我为了要复现我们古代教育制度的精神，决定创办一个学校，学生在那里能够在生命里感觉到一个比现实的满足更高尚更光荣的东西——熟悉生命它自己。我想把小孩子们的奢侈除去，使他们复返于朴质。所以因此之故，我们的学校里，没有班次，也没有凳子。我们的小孩子们，在树下铺了席子，在那里读书；他们的生活，力求其简单。这个学校建立在大平原里的大原因之一，即在于要远远地离开了城市生活，但在这一层以外，我更要看孩子们与树木一同生长；因此两者的生长之中有了一种和谐。在城市里看不见什么树。他们是为城墙所限禁的。城墙不会长。石块与砖头的死重压抑了儿童天性里的自然的快乐。

　　我在学校里，并不曾得到最好一类的孩子。社会看这个学校为一个刑罚的住所。大部分的学生都是因父亲不能管束，才把他们送到这里来。

然而因泰戈尔与他的合作者的爱感与看护，这个学校的学生学业的与性格的成绩却都很好。英国与印度人办的学校，须八年才能预备好的课程，在"和平之院"只要六年就可以够了。

这个学校的日程与别的学校完全不同。学生们和教员们在清晨四点三十分时即须起床。他们自己把床整理好，全体跑出来，唱着歌，祈祷万有之主。栖息在树枝上头的鸟儿们，被惊醒了，也加入他们的歌队里合唱着。沐浴以后，他们穿了白丝袍，坐下去，自己静修着，祈祷着。然后吃早餐，吃的是牛乳，米粥或其他清便的食物。课程的开始是七点三十分。学生们铺了自己的席子在树下，坐在上面，书本是没有的，无论授文学，历史或地理都是如此。仅在教授实验科学时，他们才有物理或化学的实验室。功课都用口授，太阳暖暖地晒着，微飔送来花的芬香，绿叶和了教者的音乐而簌簌地响着。每一个教员，一班至多不能教过于十个的学生，有的时候，一班只有一个学生。所谓班次也并不固定。如果有一个英文程度高的学生，他上英文课时可以随了别的高级生同上，他的算学及其他功课，则仍在自己班里上。十点三十分时，功课已上了三点钟，学生们随意唱歌。隔了一会，学生们与教员们又去沐浴。有的到溪流里去，或在那里游泳，有的跑到井边，大的学生代小的学生汲水，穿衣服，如一个母亲一样。沐浴后，又唱赞美诗祈祷上帝。午饭的时间是十一点三十分。所吃的是米饭，青菜，牛油及牛乳。饭后，小孩子们便在图书馆里看书，看杂志，或研究自己的功课，或做其他自己所喜欢做的事。二点钟时，各班又在树下开始授课。教员们授课时不能用木棒或其他的身体的刑罚。四点钟时，功课已毕。他们便都在运动场上踢足球，打网球及做其游戏。他们的体育，也和他的学业一样，胜过其他一切学校。他们的足球队曾打败了加尔加答的许多别的球队，他们的兵操也能与陆军学校里的最好的学生相比肩。又使他们能忍耐寒热；热天叫他们在太阳下面跑了好几里路，冷天也在屋外，除了疾病的时候以外，都不穿鞋袜。有的时候，他们一次能走到二十几个英里的路。这种斯巴达（Spartan）式的练习，使"和平之院"里的儿童，身体都非常康健。

许多"和平之院"里的较大的儿童，受了泰戈尔的影响，常常跑到邻村去，救济穷苦的居民。他们假装要演戏法，召集了许多人在空地上。后来，他们停止了戏法，开始以兄弟的精神向他们讲演。所得的影响极为伟大。他们为村中的小孩子们创设了日校与夜校。当村人疾病的时候，他们看护他们如一个亲人。他们专心一意地为村人谋幸福；在炎热的夏天，他们如苦力似的，为村人建筑住屋。这种精神，是泰戈尔所希望养成的。他希望他的学生，能在生活里合印度的精神的趋向与西欧的社会服务的精神而为一。

游戏毕，学生们又沐浴过，穿上他们的白丝袍，约有三十分钟，在那里祈祷及静修。然后去吃晚餐。在"和平之院"里，大家都是严格地持素食主义的。泰戈尔的父亲绝对不欲在鲍尔甫住的人，饮酒，食肉或其他扰乱"和平之院"的神圣的和谐的举动。晚餐后，学生与教师们联合做各种智慧上的娱乐。

泰戈尔诗选

泰戈尔与印度的习惯相反，他的学校里很注重音乐。他爱音乐，相信它的高尚的影响。音乐班在晚上召集起来。他们唱着，以各种乐器和着。所以这个学校里很产生了几个第一等的歌者与音乐家。他们又有一个戏剧团，有时便演泰戈尔作的剧本；他自己教导那些孩子们，有时且自己加入演剧者之列。

他们在夜间又编辑他们的报纸，全校中共有四种的报纸，都是全用手来写，用手来作图的。他们所作的，有的是诗歌，有的是文学评论。

一天的工作完了，在九点至十点之间，他们便去睡觉。

泰戈尔他自己住在一间屋里。晨钟一响，他便起来，有时且在钟声未动之前起来，早浴后，坐下静修了好几点钟。他在这个屋内，常常自己做饭；所吃的极为简单。他有时出去散步，且很喜欢园艺的事。简朴的生活，高尚的思想，这两句话可以写尽他在鲍尔甫生活的情形。他在一个星期总有两次对学生及教师们讲演。他极爱那些小孩子。有的时候，有一二个孩子偷偷地跑进他的屋里，看他微笑着，摇着头，在写一首诗。有一次，这样偷进去看的一个孩子突然叫道："简直像一个疯子。"泰戈尔答道："是的，我的孩子，诗人是比疯子更坏的。你什么时候跑进这屋里呢？"

有一个六岁的孩子，坐在泰戈尔的膝上，弄着他的胡子。这孩子说道："你做了那么多的诗，为什么不教我做诗呢？"泰戈尔答道："我的孩子，诗歌的负担是异常之重的，我不欲使你有这种担负。"那孩子说道："是的，我自己会去学做。他们似乎都很喜欢你的诗，虽然你是担负一点重。"现在这个孩子有十余岁，已能够用彭加尔文做很美丽的诗了。

自他定居于鲍尔甫后，他做了许多好诗与好的戏曲，《吉檀迦利》

里的诗及《暗室之王》，都是在这时做的。他平时不大与外界交通。但有时则到各处去讲演，如前几年曾到美国及欧洲去过。至于他的"和平之旅"则到了现在，已经是很发达了；经费已很充足，最近又改为"国际大学"。规模较前已不同。

第十一章　泰戈尔的哲学使命

　　泰戈尔在他的诗歌与散文著作里所表现的精神主义的理想，都是印度哲学的真理。印度是具有哲学的心灵的。他经过许多年代的对于生与死的最深沉的问题的默思，发展了一种玄想哲学的系统，使世界上许多著名的贤哲都为之赞颂，为之倾心。以前慕劳尔（Max Mueller）教授，曾在一个讲演里，极端称颂印度及其思想："如果我看遍了全个世界，要去找出一个国家，最丰富的具有自然所能给与的一切财富，权力，与美丽——在有些地方简直是一个地上的乐国——的，我必向印度指着。如果有人问我在什么天空底下，人的心灵曾最完全发展出它的几件最好的赠品，曾最深沉地浸入生命的最大问题，曾解决了好些这种问题，很值得使研究过柏拉图与康德的人的注意的，——我必向印度指着。如果我问我自己，我们在欧洲的人，我们天然地完全受了希腊与罗马及赛米底的一族犹太的思想的影响的人，从什么文学里，我们可以得到那最需要的正确，以使我们的内部的生活成为更完全，更有意识，更为普遍的，即是，更为真正的人的，一个生命，且不仅仅为了这一生，而更为是一转世的永久的生命——我仍旧是向印度指着。"

　　印度思想的最高点在于《优盘尼塞》（Upanishad）的吠陀（Uasonta）哲学。法国哲学史家考辛(U-Cousin)说道："我们不得不屈膝于东方哲学的前面，在这个人类的摇篮里看见最高哲学的出产地。"叔本华

（Schopenhauer）也说道："在全个世界中，没有一种学问是比之《优盘尼塞》更为有用，更为高尚的。它是我们的生时的慰安，也将是我们的死后的慰安。"慕劳尔说道："如果叔本华的这些话要再加以说明，我愿意因我自己经过长久地专门研究许多哲学与许多宗教的结果而为它说明一下。如果哲学的意义是为一个快乐的死的预备，那么，在我所知道的哲学中，没有比吠陀哲学是更好的预备了。"

泰戈尔在他的哲理的诗里所唱的，在他的《生之实现》的论文里所说的，就是这个《优盘尼塞》的哲学。它述说宇宙的一体——在现象世界的分歧里的根本上的一体。华滋华士（Wordsworth）是一个奇异的自然诗人。他对于自然精神是亲切的，但有时是含混的。他的歌声优雅清越，但所唱的却为世界是忧愁所造的，"我们的生不过是一个睡眠与遗忘""狱室的阴影开始紧罩在长成的孩子的身上"一类的哀歌。泰戈尔的哲学则与他完全不同。在他看来，世界是充满了快乐与爱的，幸福在全宇宙中跳舞着。这个世界诚然是有忧愁，但他们却如印度秋天的浮云一样，反能增明月的光华。在底下的一首诗里，我们可以更明白地看出他的生与爱与动作的哲学：

啊，我的最感恋的地球母亲，我是怎样常地恋念地看着你，又是怎样常地从我的心里，不可禁地快活地唱出来呀！我身心的要质融化入你自己的里面之后，你便不绝地在永久的中间，旋绕在远星转动。而你的嫩绿的草叶，长在我身上，花儿繁锦似的开着，树林如阵雨似的把他们的花果落在我身上，是的，落在我身上。所以当我一个人坐在柏特玛河边时，我能够容易地感觉到，是的，我是感觉到，绿草的种子是怎样地向上长芽；生命的酒精是怎样地永久地灌注在你的心上；花朵是怎样地从美丽的枝干上开出；

大树与蔓草是怎样地因接触着太阳的幼光而快乐地颤抖着，竟如婴孩在他们母亲胸前吃乳倦了时的快乐一样。

那就是为什么当秋月的清光照在金色的收获的田上，当椰子树的绿叶快乐地跳舞着时，我会感得很深的快乐，而想到我的心灵浸渗在水，在地，在林中之叶，天空的碧色中时的原因。全个宇宙似乎静静地呼喊我一千次到它的胸前去。从世界的奇异的游戏室里，我也听见那微弱而熟悉的我的旧时游侣的快乐的声音。

啊，地球母亲，请把我带回你的心中——生命在这个心的千种不同的路流出，歌声在那里以千种不同的调子唱着，跳舞在那里以千种不同的式样跳着，心灵在那里永远是思索的，而你是自己辉煌地有益地站立着。

泰戈尔是相信勃莱克（William Blake）"人的身体与他的灵魂没有区别"的话的，但他更进了一步，不相信他父亲所信的二神论而相信吠陀的一神论，即世界不唯是为神所造，而且是由神自身造出的教义。

有一次，有一个印度的哲学家对他的学生说道："世界不仅是为神所造，且是由神自身造出。"

"那怎么能够呢？"学生问道。

先生回答道："看那蜘蛛吧，它从它自己的身体里，引出了丝线，以造成一个奇异的蛛网。"

东与西之间并不曾有一道鸿沟。哲学与科学一样，是世界的。它不知什么东西。它冲破了一切物质的界限。在这一方面，泰戈尔的《生之实现》，实给了世界的人类以不少的利益。它的优雅的文体、高尚的思想，是全个世界都应赞颂的。

"所有的东西都是从永久的快乐中生出来的。"泰戈尔在《生之实现》说道,"这个快乐,它的别名就是爱。……我们不爱,因为我们没有感觉,或者可以说,我们没感觉就因为我们没有爱。因为爱是一切围绕我们的东西的极端的意义。它不仅是感想的;它是真实的;它是快乐,是在一切创造之根上的快乐。"

在《优盘尼塞》中有几句话:"世界是从爱中生的,世界是被爱所维系的,世界是向爱而转动的,又是进入于爱之中的。"这个真理,泰戈尔在《动作的实现》里更完备地发挥出来。他在那里鼓吹着爱与正当的动作。这个爱与动作的使命在欧洲各国互相摧毁的时候,尤有特别可注意的地方。欧洲虽经了长久的战争,而他们国际间的仇视,仍未丝毫消泯。基督的同胞的和平的理想,已在狂逆的西风中吹散。嫉妒,猜疑,欺诈,是他们的戴皇冠的魔鬼。在这个时候,印度的哲学,泰戈尔的爱的哲学,对于欧洲,乃至全个世界,实是具有很大的使命的。太沉溺于静修与玄想的习俗,使印度的光荣灰暗了,印度的尊严被侮辱了;而同时太崇奉物质主义的结果,却使西方诸国也如被巨伤的大兽,在吼叫,在受苦。这两个极端的思想的和谐,能够带来一种理想的事实;泰戈尔的使命就在于此;人类的永久和平与自由与发展即存在于这个和谐之中了。

第十二章　得诺贝尔奖金与其后

一九一三年的冬天,瑞典的文学生会,以诺贝尔奖金(Nobel Prize)奉给泰戈尔。这是东方人第一次在欧洲得到的荣誉。在这个时候以前,泰戈尔的《吉檀迦利》(*Gitanjali*)的出版,虽然使欧洲读它的人为之惊异不止,然而对于泰戈尔并未十分了解。但从这个把一九一三年的诺贝尔奖金给与他的消息传出后,他的名字才常常在许多平常人的口中说着，他的作品才常常有人去研究，他的思想和生平，才常常有人要想知道。他的文学上的地位，从这时起才在世界文坛上确定了；他的名誉，也从这时起才变为世界的了。——不仅欧洲人美洲人知道他，连东方的中国与日本向来与世界文学，尤其是自己东方的近代文学，不相接近的，也立刻认识了他。

这一次诺贝尔文学奖金之给与泰戈尔，除了关于泰戈尔的自身外，许多人都以为是世界上一个很大的消息。欧洲的文坛，本来不大与东方的文坛接近，对于近代的东方文学尤有蔑视之意。从这时以后，这种意见才渐渐地泯灭。一个美国的著作家说道："这个奖金将勉励西方的人类去访求东方的人类所已说的话，或将要说的话。这件事将把以前永未解释过的东方，为西方解释一下。所以这件事成了一件历史上的事实，一个那半球明白这半球的转点。"不仅如此，这件事且表白出东与西的友谊一个新时代的黎明。东与西的文学，艺术与理想的互相了解，互相赞赏，如一阵大风似的，能够把国际间或人种间的敌视的与歧异的见解的黑云吹散到天外去。这个期望，我们在这时说出，也许觉得是过早，但我们看泰戈尔近来在欧洲的影响与他近来的努力的成绩，却使我们决不能相信这是一种不可能的期望。

他的作品，从这个时候以后，译为英文的一天多似一天。有的是他自己译的，有的是他朋友译的；后来又有人把他们译为德文，法文及其他各国的文字。

他以前曾到过英国，曾到过美国，但他的来与去，都不为一般社会所知。从得诺贝尔奖金的前后，他的生活却不能如此地自由了。他走一处，这一处的人便带着热忱欢迎他，要求他的思想上的赠品。如他到了英国，英国人便要他讲演；他的《生之实现》一部论文集，便是一九一三年夏天前后在英国讲的演说稿。英国人及爱尔兰人之欢迎他，较之本国内的任何文人都甚些。有的人甚至于伏在地上，吻他的足。以后他又到美国去，美国人欢迎他的盛况，也不下于英国人及爱尔兰人。他的《人格论》，即为那时在美国讲演的稿子。以后，他又到过日本，日本人敬奉他如神明，称他为"圣的泰戈尔"。日文的泰戈尔著作的译本与论泰戈尔的生平与思想的书，立刻出版了不少。他的《国家主义》的论文集，即为那时在日本的讲演集。

自一九一七年欧洲大战告终以后，世界上到处都弥漫着和平的新觉悟。泰戈尔的思想与精神益受各处求和平者的欢迎。他往来欧洲各地，为印度民族向英国政府求自由，又与世界的知识阶级的代表，如巴比塞（Barbusse），罗素（Russel），勃兰特（Brandes）诸人组织"光明团"，发展宣言。后来又回到印度，定居在鲍尔甫（Bolpur）的"和平之院"里，又计划着把"和平之院"改组为"国际大学"。他在他的国际大学宣言说道：

在现代，人类的地理上的区分，差不多已经消灭了。不但各种不同的部落，便是各个国家，各个民族，也都在生死的关头，不是创造新的生活，便不免沦于灭亡。在我们的前面，引起一个新的问题：就是全地球的统一的国家的创造。把各民族都发展开来，便各成为全世界的大结合的一分子，也像把各个人发展开，成为民族的一分子一样，这在现在，不已是可能么？

所谓世界的大结合，是说把人类都团结起来，比现在一切的联盟团体，更为深切，更为坚固。这种结合应该以人的神性的出发点为基础。我们应该建筑一所世界的大殿，以供奉个人类公共的神道。这种理想实现的第一步是在于使民族都表示他们的精神的主宰。但在猜忌和斗争支配一切的时候，这样的理想是不会达到的。所以我们应当创立人类相互交通的机关，以消灭各民族间的敌忾心。只有国际的大学，才配作为这一种交通的机关。因为在大学里，我们可以一块寻求真理；利用了几千百年来的人类遗产，一块研究学术；全世界的艺术家可以共同创作艺术品；科学家共同开发自然的秘密；哲学家共同解放人类的思想；圣人贤者共同实现人生的理想，他们干这些，不但是为了他们自己的国家，也是为了全人类。

气象学家曾经证明过一个真理；他们证明地面上的大气都是属于同一气层的，虽然各处的气候各不相同。我们可以同样地证明人类在精神生活上是全相一致的，虽然体质可以各不相同。我们应该知道：所谓人类大结合，并不是把一切的民族都变成齐一，乃是说叫各种不同的民族互相协调的意思。在现时，似乎大家都已负着这重要的责任了。为了这个责任，我特在印度创立国际大学，我的意见，以为这是促进东西人类相互协调的最善方法。我打算邀请西方各国学者到这里来，住在印度生活中来研究印度的哲学，艺术，音乐，由印度学的专家指导他们。

国际大学发起的原因是如此。"和平之院"本是由泰戈尔独力担任，丝毫不受英国政府的津贴。现在这个国际大学的经费也是如此。他把诺贝尔奖金捐给这座学校；他所有的著作上的报酬，也大都送给了它。

一九二一年，他又作欧洲之游。这时，他已被他们称为传道的大师。为战争所疲劳的德国人民，对于他所称道的东方生活与东方思想，尤为颂赞鼓吹。他在柏林及其他地方讲演了好几次，听的人都十分地拥挤。入场券所售得的款，都捐入他的国际大学。他讲演的台上，布了一个森林的景致。当他到郊外森林中游散时，已有数万人预先在那里等候他。他一到，欢呼之声大作，有许多人唱歌，还有许多小孩子手执鲜花到他面前跳舞。他在其他各地，所得到的待遇也是如此。最近出版的《创造的统一》（*Creative Unity*）一书，即是他在这时前后所做的论文集。

他到欧洲去，原本有很大的志愿，他在一封信上说道：

> 向来和平之泉都是源于东方，所以今日欧洲便不期而然地面向着东方来了。欧洲好像一个在游戏中受伤的孩子，现在他正离去众人，在找他的母亲呢。这样说来，东方怕不就是精神的人道主义的母亲——能舍她自己的生命与人的么？我们印度人还茫然不知欧洲人已在我们门前求救——还不知乘他们需要的时候，以人道主义与之；这真是一件可叹的事！

但印度人虽不知道救欧洲人，而泰戈尔他自己则已开始到欧洲去做这种事业了。当他将倦游归来时，当他在盼望归期时，心里还忧愁着，踌躇着，想在欧洲至少再住上一年，以尽他的责任。

不过他究竟是一个诗人，——仅是一个伟大的诗人，对于传道的事业，他似乎不大适宜。他自己说道："当我向来在柏特玛大河的河心住居的时候，我不过是个抒情诗人，但自从移居和平之院后，我逐渐成了一个教师的模样了；这是非常危险的，我的真实的先知的资格，从此就要断送了。现在已是谁都向我请求教训，生怕有一天我不免要使他们失望呢。"所以他虽然很想尽他的在欧洲传布他的和平的福音的责任，而故乡的精灵，黄金彭加尔的景色，却时时在他心灵呼唤他回去；他虽然在欧洲受到一种极热忱的欢迎，极崇敬的待遇，而在他自己的心里，却反觉得彷徨与不安。下面的几封信，可以把他那时的情况充分地表白出：

我在欧洲到处都受热切的欢迎，料想你是在报纸上看到了。我非常感谢欧洲人待我的好意，这是无疑的，可是，在我的心里，总像有些惶惑，——而且也几乎要暗暗地叫苦。

凡是群众的感情的表示，其中总有一大部分是不真实的。群众的表示，往往不免过度夸张，这只是由于群众心理中感情累积的结果。就像在一座广厅中所发的声音，因为有室内各处的回声混合其中，所以所听得的已全不是原来的声音了。群众的感情，大部分是相率附和而成。——这是非理性的，群众里面的各分子，都有根据自己的想象造成他自己的意见的自由。他们理想中的我，决不是真的我。我为了这个担忧，也为了我自己担忧。这使我对于我从前的隐居生活，不禁起无穷的恋念。被迫在别人的幻想所构成的世界里生活着，这委实是最烦厌的事了。我曾见许多人迫住了我，扯住我的衣裙，毕恭毕敬地向我衣裙亲吻——于是忧郁罩住了我的心了。我怎样才能使这些人相信我是他们中间的一个，并不是超出他们之上的，在他们中间也就有许多是值得我的尊敬的，我却又怎能使他们相信呢？

可是我也知道在他们当中像我那样的诗人，是一个也没有。但用了这种的敬礼，来敬礼诗人，委实是不对的。诗人是在人生的筵席中司仪的；他所得的报酬就只是在一切筵席中都有他的份儿。假如诗人是成功了，他便被任为人类的永远的伴侣，——只是伴侣，却不是指导者呀。但要是我被盛名的恶戏所捉弄，被他们扛到神坛上去了，于是在人生的筵席里就没有我的座位了。

那种盛誉，实非我所能当；实不能不谓之无相当的时间而施与过骤呢。这就是我感着惊异，厌倦，——甚至忧闷的缘故。我自思正如一个家畜的羔羊，只能居在屋角庭隅，以媪爱亲交友朋，倘若一旦厕身大庭广众之场，我便要觉得卑微，对群星告不敏了。

凡我所到的地方，不论德国或斯坎德那维亚半岛，都有一种热烈的爱恋，随着我，包围着我，这事我想你一定想不到。我所欲的就是欲回到自己的人民里去——回到咒诅不绝的环境里去。我生长在那边，我工作在那边，我在那边给我的爱，所以我生命的收获在那边。即使得不到完全的偿报也不要紧。仅收获自己的成熟，已给我以莫大的偿报了。所以那边的田野似乎有一种呼声到我这里来，那边的日光是等候着我，那边的四季更递的季节是在问着我的归期。他们知道我的一生都在把我的梦的种子撒在那边。但是暮色已深沉地照在我的路上，我是倦了。我不欲得国人的赞美与责备。我只愿休息在星光的下面。

他从欧洲回来之后，即休息于彭加尔鲍尔甫的"和平之院"的里边。他现在年龄已高，不大高兴出去，但远游之念却还未绝。明年三月间，林花灿发，山鸟奏歌之时，他大约会在我们中国的春光秀媚的地方出现。

他在晚年，很想逃避名誉，虽然名誉的石碑，已重重地压在他的身上。他自己说道："总有一天，我要从我自己的名誉中突围而出；因为虽然有这庞大而且日益增长的障壁，阻隔着，但是柏特玛河却仍旧在向我招呼呢。他仿佛向我说：'诗人，你在哪里？'于是我的心，我的灵魂都想去找寻那诗人。但是那诗人已经是不容易找到了。因为一大群的人把荣誉堆满在他的身上，他被荣誉压在底下，已不能脱逃了。

这是很可诧怪的，少年的作者总是努力向着名誉的山巅爬上去，他们虽不全以名誉为他们的太阳，为他们的活动力的源泉，而享受名誉的愉乐却至少是他们的成功的骄傲之一；至于已享盛名的作者，在饱餍了名誉的食品之后，却反渐渐地有些厌恶它了。名誉反成了压迫他们的重负，使他们不得不逃避。泰戈尔如此，托尔斯泰（Leo Tolstoi）也是如此。

诗人的成功，即是诗人的寂寞；诗人的名誉，则如黑雾似的，使他不能找到他自己。这即是泰戈尔所以眷恋柏特玛河上的自由生活而欲逃避出现在的名誉之墙的原因。

然而名誉究竟能逃避么？名誉如好花的清香，如麝鹿的芬芳，如秋晨的晴空，如春池的绿波，——不然，还比譬得不对，他们虽然如名誉一般，一附上去，便非待花枯了，鹿死了，白日终止，池水干竭之时不能消灭，但名誉的寿命，却较他们为更长更久。诗人的歌声虽有止歇之时，而诗人的歌，却终将永久地，永久地，在新的活泼的必再唱出来；诗人的形骸虽有时而长眠于青松绿萝之间，而诗人的名誉，却终将永久地，永久地，挂在千百代后的千万人的口中。

> 你是谁，读者呀，在百年之后读我的诗者呀？
> 我在这样的春天的繁富里，不能送给一朵花，不能送给前面云端的一缕金色。
> 请开了你的门，向外望着。
> 从你的百卉盛放的园中，收集百年以前的已灭之花的芬香的回忆。
> 在你心的愉乐里，也许你会觉得在一个春天的清晨歌唱着而送它的快活的声音度过百年的时间的那种活泼泼的愉乐。
> ——《园丁集》第八十五首

诗人的不朽，不朽的诗人。谁能逃避了这名誉的不朽的墙呢？灿烂的春光，年年是繁花似锦，绿柳如丝；静谧的秋空，年年是片云高挂，山色清幽；伟大的诗人泰戈尔的名誉也将如这样的春光与秋空，历千万年而不朽，而更新。人间的屋基不完全毁灭，他的名誉的墙是永远不能倒的——虽然他自己是想逃避出这座墙。

  本文的参考书：

  （1）B.K.Roy: R.Tagore: *The Man and His Poetry.*

  （2）R.tagore: *My Reminiscences.*

  （3）C.Martin: *Poets of the Democracy.*

  （4）W.B.Yeats: *Introduction to "Gitanjali".*

  （5）*"Crescent Moon" and Other Poeme*, by R.Tagore.